김동리와 선충원의 구도소설 비교 연구

이언홍 李彦紅

중국 빈주대학교(濱州學院) 인문대학 전임강사
한국 아주대학교 문학박사
중국 길림대학교 문학석사
중국 산동대학교 위해분교 문학학사

해외한국학연구총서 K065

김동리와 선충원의 구도소설 비교 연구

초판 1쇄 인쇄   2019년 6월 19일
초판 1쇄 발행   2019년 6월 28일

저　　자 이언홍
펴 낸 이 박찬익

펴 낸 곳 (주)박이정
주　　소 서울시 동대문구 천호대로 16가길 4
전　　화 (02)922-1192~3
팩　　스 (02)928-4683
홈페이지 www.pjbook.com
이 메 일 pijbook@naver.com
등　　록 2014년 8월 22일 제305-2014-000028호

I S B N 979-11-5848-512-2 93810

* 책값은 뒤표지에 있습니다.

此書為濱州學院博士學位人員及有碩士學位的高級職稱人員科研啟動費項目《沈從文與金東里的民間故事類小說研究》(項目編號 : 2018Y03) 的專著成果。

해외한국학연구총서
K065

求道

김동리와 선충원의 구도소설 비교 연구

李彦紅 著

小說

(주)박이정

　이 책은 김동리와 선충원의 구도소설에서 인간의 욕망과 고통, 그리고 해탈을 위한 구도 방법이 어떻게 나타나는지 비교하는 데 목적을 두고 있다. 이를 살펴보기 위해서 이 책에서는 수평연구의 비교방법으로 불교철학의 이론 가운데 사성제를 바탕으로 하여 구도의 세 가지 양상, 즉 외적 수행의 추구, 사랑의 추구, 평등심의 추구에 초점을 맞춰서 연구를 진행하고 있다.

　김동리와 선충원은 한·중 문학사에서 각각 중요한 위치를 차지한 작가이다. 그들의 소설에서 여러 가지 유사한 면을 발견할 수 있다. 그 공통점은 소설의 소재, 성격, 주제 등 많은 면에서 드러나고 있다. 두 작가는 공통적으로 다룬 향토적인 소재, 설화 소재, 불교를 비롯한 종교 소재, 그리고 그들의 소설이 가지는 전통지향적 성격 등이 그것이다. 그리고 무엇보다 김동리와 선충원의 소설은 늘 인간 본성의 탐구, 인간의 구원 문제 등을 주목하고 있다. 즉 그들의 문학은 늘 인간에 초점을 맞춰 보다 더 높은 차원에서 인간의 삶과 구원 등 인간의 근본적인 문제를 다루고 있다.

　인간은 누구나 욕망이 있다. 인간은 누구나 고통을 어느 정도 겪는다. 그리고 인간은 누구나 이러한 욕망과 고통에서 벗어나 자신의 평화를 찾으려고 노력한다. 김동리와 선충원의 구도소설에서 다룬 이러한 문제들은 우리에게 어느 정도 시사점을 줄 수 있지 않을까 하는 것이 이 책의 출발점이다.

이 책은 박이정출판사의 배려로 저자의 박사학위논문을 조금 수정, 보완하여 나오게 되었는데 많은 면에서 부족함이 있으리라 생각된다. 아직 내용적으로 추가적인 보완이 필요할 것으로 생각하고 추후 이 책의 보완을 위한 많은 질책과 조언을 바란다. 그러나 다소 부족한 점이 있더라도 현대소설에 대해 연구하고 있는 분들에게 조금이라도 도움이 된다면 더 이상의 보람이 없을 것이다.

이 책이 완성되기까지 학문적으로 지도해 주신 나의 은사님이신 송현호 교수님, 많은 가르침을 주신 문혜원 교수님, 이동하 교수님, 조광국 교수님, 최병우 교수님께 깊은 감사를 드린다.

그리고 많은 조언을 주시고 문법까지 체크해 주신 김규진 선배님, 김민지 선생님, 김인섭 선생님, 김희승 씨, 왕명진 교수님, 은미숙 선생님, 이은영 선생님, 최선호 선생님에게 감사의 마음을 전하고 싶다.

이 책이 나오기까지 많은 도움을 주신 중국 곡부사범대학교 김동국 교수님께 감사를 드린다. 또한 이 책의 출판을 허락해 주신 박찬익 사장님을 비롯한 박이정출판사 직원분들께 감사를 드린다. 한국어를 전혀 모르시지만 항상 뒤에서 응원해 주시고 큰 힘이 되어 주신 부모님과 시부모님께, 언제나 따뜻한 사랑을 주고 항상 지지해 준 남편, 그리고 공부하는 동안 이 세상에 태어나 지금 무럭무럭 자라고 있는 두 귀여운 딸들에게 이 책을 바친다.

2019년 6월 14일
중국 빈주대학교에서
이 언 홍

I

서론

1. 연구목적 및 문제제기

이 책은 김동리(金東里)와 선충원(沈從文)의 구도소설에서 인간의 욕망과 고통, 그리고 해탈을 위한 구도 방법이 어떻게 나타나는지 비교하는 데 목적을 두고 있다.

구도소설은 사람의 사상적 기반인 불교, 천도교, 무교, 기독교를 중심으로 생활로서의 종교와 생활과 종교의 일치를 통한 진리의 추구를 모색하고 있는 소설을 지칭한다.[1] 여기서 '도(道)'는 길이라는 뜻이고, 구도(求道)는 말 그대로 길, 출구를 찾는 것이다. 전통의 동양 철학에서 '도'는 흔히 '절대적 진리'의 뜻을 갖기도 한다. 절대적 진리를 통해서 인생의 고

---

[1] 송현호, 『한국현대소설론』, 민지사, 2000, 392쪽 참조.

통[2]은 물론, 인생의 모든 문제를 원만하고 궁극적으로 해결할 수 있다는 것이다. 따라서 구도는 인생의 고통에서 벗어나기 위해서, 절대적 진리와 궁극적인 해탈을 추구하는 것을 가리킨다. 구도의 정신은 태초부터 존재해 왔다. 이는 인생 고통의 필연성, 그리고 인간의 고통에서 벗어나려는 소망에 의해 결정된 것이다.

한편, 해탈은 인생의 큰 고난이나 모든 고난에서 벗어난 후의 상태를 가리킨다. 해탈은 고통에서 벗어난다는 의미를 가지고 있어 인간이 누구나 추구하는 보편적인 소망이라 할 수 있다. 소설에서 어떻게 인간이 욕망과 고통에서 벗어나 해탈에 이르는 노력을 다루고 있는지에 대한 고찰은 인간의 가장 근본적인 고민과 그 해결책을 간접적으로 경험하는 것이기도 하다.

한·중 양국의 소설 문학은 불교와 긴밀한 관계를 가지고 있다. 불교와 관련된 내용은 현대 소설만이 아니라 한국 최초의 소설 작품으로 평가되는 김시습의 『금오신화』의 「만복사저포기」와, 신라 말, 고려 초 소설의 발생 시기에 나오는 『삼국유사』의 「조신전」, 「김현감호」, 「백월산양성성도기」 같은 작품들을 그 증거로, 불교와 소설 사이의 관계가 상당히

---

2 본고에 나온 고통은 불교의 근본사상인 사성제(四聖諦)의 고제(苦諦)에서 말하는 고(苦)를 가리킨다. 고제의 뜻은 인간을 포함한 모든 중생의 생명, 생존이 곧 고(苦)라는 것이다. 고의 의미는 좁게는 감정상의 고통을 가리키지만, 넓게는 정신의 핍박성, 즉 핍박과 우울의 의미까지를 모두 포함한다. 불교에서는 일체가 끊임없이 변화하여, 항상된 것이 없어서 넓고 유구한 우주 안에 고집(苦集)을 벗어난 것은 없다고 한다. 불교는 보통 고(苦)를 말할 때 2고(苦), 3고(苦), 4고(苦), 5고(苦), 8고(苦), 110종의 고(苦)에 이르기까지 이루 다 셀 수 없는 많은 고(苦)가 있다고 한다. 그 중 8고(苦)가 가장 흔히 볼 수 있는 설법이다. 즉 생로병사(生老病死)의 사고(四苦)와 그 이외의 원수나 증오하는 사람 또는 그런 일을 부딪치게 된 원증회고(怨憎會苦), 사랑하는 사이에 서로 떨어져서 사랑하기가 어려운 애별리고(愛別離苦), 사람들의 요구, 욕망, 사랑 등은 종종 만족에 이르지 못하거나 간절히 구해도 얻을 수 없는 구부득고(求不得苦), 모든 괴로움의 총체인 오취온고(伍取蘊苦) 등이 인생의 八고(苦)이다. 방립천, 『불교철학개론』, 유영희 역, 민족사, 1989, 89–91쪽.

밀접한 편이었음을 알 수 있다. 그리고 비록 ⋅서양식의 근대소설이 20세기 한국의 소설계에서 주도적인 지위를 차지하기는 했지만 고은의『화엄경』, 최인호의『길 없는 길』, 성낙주의『차크라바르틴』, 황석영의『장길산』, 이광수의「무명」, 김정한의「수라도」 등의 작품에서 20세기 한국의 소설과 불교 사이의 관계에 대해 많은 시사를 주고 있다.[3] 양건식, 한용운, 현진건, 이광수, 김동리, 조정래, 고은, 한승원의 대표작 또한 불교소설의 불교 사상적 특징과 함께 불교소설의 근 · 현대 소설사적 의의를 짚어준다.[4]

불교적 영향은 중국의 소설에 더욱 잘 나타나고 있다. 고대문학에서 『원혼지(冤魂記)』, 『속제해기(續齊諧記)』를 비롯한 육조(六朝)의 지괴소설(志怪小說)에 불교적 요소가 나타나고, 『남가태수전(南柯太守傳)』, 『침중기(枕中記)』를 비롯한 당대(唐代) 전기(傳奇)에 선양하는 불교적 이념이 나타난다.「홍루몽(紅樓夢)」과「서유기(西遊記)」 등 유명한 소설에서 다룬 불교적 관점 등은 모두 그 증거로 거론할 수 있다.[5] 근 · 현대에 들어와서도 많은 문학 작가가 불교의 영향을 받았다. 그 중 대표적인 작가로는 루쉰(魯迅), 저우쭤런(周作人), 예성타오(葉聖陶), 라오서(老舍), 선충원(沈從文) 등을 들 수 있다. 이들 작가에 의하여 불교적 성격을 띤 많은 작품이 등장하게 되었다. 즉 중국 근 · 현대 문학은 서양 사상을 받아들이면서도 전통적인 불교적 영향도 많이 이어가고 있다.

---

3 이동하,「한국 소설사의 재조명 · 1-20세기의 한국소설과 불교」,『한국문학과 비판적 지성』, 새문사, 1996, 245-252쪽.

4 고송석,『한국 근 · 현대 불교소설 연구』, 소명출판, 2014.

5 方珊,「佛教與中國小說」,『世界宗教文化』 第3期, 2004, 38-39쪽 참조.

불교 사상은 동양의 대표적인 전통 사상이다. 소설에서 불교적 요소를 살피는 것은 동양의 전통 정신과 문학적 예술성의 표현 특징을 살펴볼 수 있어 그 의미가 크다고 본다. 그리고 불교가 하나의 종교에서 멈추는 것이 아니라, 그 사상 계통은 동양의 대표적인 철학의 하나로 인정을 받고 있다. 따라서 불교 철학의 관점에서 연구하는 것은 보다 더 새로운 관점에서 소설을 볼 수 있어 매우 중요한 의미를 지닌다고 할 수 있다. 본고는 불교적인 특징을 보이는 한국과 중국의 대표적인 작가인 김동리와 선충원의 구도소설을 중심으로 연구를 진행하고자 한다.

우선, 김동리와 선충원 두 작가의 소설 작품을 비교하는 이유는 두 가지가 있다.

첫째, 김동리와 선충원은 한·중 문학사에서 특별한 위치를 차지한 작가이다. 그 중 김동리는 신화적인 모티프에서부터 출발해 강한 전통 지향적인 특성을 작품 속에 구현함으로써 반근대성(反近代性)을 보여준 한국의 대표 작가이다.[6] 선충원은 주로 시골과 도시의 공간에서 인간성의 세계와 병태적(病態的) 세계의 대비를 통해서 인생을 탐구하고, 건전한 인간성 형식을 선양하며, 인간의 도덕 측면에서 인간성의 '상(常)'을 표현하는 독립적인 예술 계통을 구축한 독특한 작가이다.[7] 비슷한 시대에 살아온 두 작가의 문학 창작 기간은 좀 다르지만 그들은 다산의 작가라는

---

6 권영민, 『한국현대문학사1』, 민음사, 2002, 491-492쪽 참조.

7 朱棟霖 외, 『中國現代文學史1917-2000上』, 北京大學出版社, 2007, 212쪽 참조. "沈從文是一位獨特的作家.他的小說在過去,現在和未來的時間長河中, 在鄕村和城市的題材空間裏, 通過對人性世界(包括"神性世界")和病態世界的對比, 嚴肅的探討了人生, 謳歌了健全的人性形式, 從而構成了一個從人性道德角度去表現人性之"常"的獨立自足的藝術系統."

공통점이 있다.[8] 그리고 김동리의 「등신불」, 「역마」, 「사반의 십자가」 등의 작품과, 선충원의 「변성(邊城)」, 「남편」 등의 작품은 한·중 현대문학사에서 많은 주목을 받는 작품들이다. 그러므로 김동리와 선충원의 소설 작품을 연구하는 것은 한·중 현대문학사를 이해하는 데 큰 도움이 될 것이다.

둘째, 김동리와 선충원의 소설에는 공통점이 많다. 그 공통점은 소설의 소재, 성격, 주제 등 많은 면에서 드러나고 있다. 두 작가는 공통적으로 향토적인 소재, 설화 소재, 종교 소재 등을 다루고 있다. 그 중 향토적인 소재라면 그들이 다루고 있는 시골의 이야기를 들 수 있다. 시골에 대해서 김동리는 고유의 토속성을 가진 시골을, 선충원은 현대 도시의 악질적인 문명에 왜곡되지 않은[9] 상서세계(湘西世界)[10]를 각각 그리고 있다. 「바위」, 「변성(邊城)」 등이 바로 그 대표작이다. 한편, 김동리와 선충원은 옛날부터 전해왔던 설화를 바탕으로 소설 작품을 창작하는 경향이 크다. 그들이 수용하는 설화는 불교설화, 민간설화, 무속설화, 기독교설화 등을 포함한다. 「원왕생가」, 「선타(扇陀)」 등의 작품이 이에 속한다고 할 수

---

8 김동리(1913-1995)는 한국 근대 작가들 중에서 매우 오랫동안 창작 활동을 유지한 작가이다. 그의 활동 기간은 대략 1934-1979년으로 볼 수 있으며, 출간한 소설만도 100여 편에 이른다. 김동리, 『김동리 문학전집』 1-33, 계간문예, 2013.
선충원(1902-1988)은 중국 현대 작가 중 책을 가장 많이 출판한 작가이다. 그의 문학 창작 기간은 1924-1949년으로 짧지만 이 기간에 선충원은 500여 편의 작품, 100여 권의 단행본을 발행하였다. 문학 장르 또한 소설, 산문, 구체시, 시나리오, 평론, 전기 등이 포함된다. 그 중 그의 소설집에 수록한 소설 작품은 160여 편의 많은 양에 다다르고 있다. 沈從文, 『沈從文全集』 1-10, 北岳文藝出版社, 2002.

9 朱棟霖 외, 앞의 책, 211쪽 참조.

10 상서(湘西)는 선충원의 고향이다. 한족과 묘족, 토가족이 같이 모여 사는 곳이기도 하다. 상서는 외진 곳이기 때문에 외부의 영향을 적게 받아, 민간의 풍속이 순박하다. 송현호, 「沈從文小說」, 앞의 책, 284쪽 참조.

있다. 그리고 설화 이외에 김동리와 선충원의 소설에 불교, 무교, 기독교 등의 사상이나 요소들이 많이 녹아들어간 작품으로 「사반의 십자가」, 「신사의 마담(紳士的太太)」 등이 있다. 이는 김동리와 선충원의 소설이 전통지향적 성격을 가지고 있다는 것을 말해준다. 향토적인 것, 설화, 종교 등이 가지고 있는 보수성, 과거성, 가변성과 수용성, 비개성성 등은 바로 문학에서 전통의 특성[11]이기 때문이다.

마지막으로 김동리와 선충원의 소설은 늘 인간성에 초점을 맞추고 있다. 김동리의 문학은 인간의 생의 '초월적 영역'의 문제와 '실존적 삶'에 대한 관심과 문학적 형상화의 노력에서 비롯된다.[12] 그의 작품 세계는 인간성 옹호에 바탕을 둔 순수문학을 지향하고 있다. 선충원은 역시 사회정치의 '변화'에 비해 역사와 아무 상관없는 듯한 '인간성의 상(常)'을 표현하는 데 늘 노력하고 있다. 그는 '하나의 위대한 작품은 늘 인간성 중 가장 간절한 욕망을 표현'한다고 여기고 있다. 그리고 그는 자신의 창작 기반에는 늘 '인간성'이 내재되어 있다고 자칭한다.[13] 김동리와 선충원의 소설은 늘 인간 본성의 탐구, 인간의 구원 문제 등을 주목하고 있다. 그들의 구도소설 또한 이 갈래에 속한다. 즉 그들의 문학은 늘 인간에 초점을 맞춰 보다 더 높은 차원에서 인간의 삶과 구원 등 인간의 근본적인 문제를 다루며 시공간을 초월한 동양적 인문주의정신을 보여주어

---

11 오세영은 전통의 개념을 정립하면서 전통의 보수성, 과거성과 현재성, 가변성과 수용성, 일관성, 비개성성 등 특성을 밝힌 바가 있다. 오세영, 『문학연구방법론』, 이우출판사, 1988, 298-299쪽 참조.

12 최택균, 「김동리 소설 연구: 초월성과 현실성을 중심으로」, 성균관대학교 박사논문, 1998, 1쪽.

13 朱棟霖 외, 앞의 책, 209-210쪽. 沈從文潛心于表現"於歷史似乎毫無關係"的人性之"常", 他認爲"一個偉大的作品, 總是表現人性最眞切的欲望!"並稱自己創作的神廟裏"供奉的是人性".

매우 큰 의미를 지닌다고 하겠다.

불교 사상은 김동리와 선충원의 소설에 드러나는 대표적인 사상 중의 하나이다. 기독교, 유교, 불교, 샤머니즘이 김동리의 대표적인 사상[14]이라면 선충원의 종교세계는 기독교, 도교, 불교로 구축된다고 할 수 있다.[15] 그 중 불교는 두 작가가 공통적으로 가지는 종교 사상으로, 불교 사상의 수용은 그들 각자의 불교적 체험과 밀접한 관계가 있다. 그 중 김동리의 불교적 이념은 해인사를 거쳐 다솔사에 입산, 미당 서정주와 불교계의 광명학원에서 수학[16]한 경험에서 비롯된다. 김동리의 불교적 수행 경험과 달리 선충원과 불교의 인연은 그가 다른 사람에게서 들은 불교지식과 직접 읽은 불경을 통해서 이루어졌다.[17]

불교 사상은 두 작가의 문학 창작에 큰 영향을 끼쳤다. 김동리 작품에 나타난 불교적 윤회사상, 인과응보사상, 인연설 등이 불교 사상에 대한 직접적인 반영이라면, 선충원 작품에 나타난 생명의 '신성(神性)', 생사 문제에 대한 생각, 사랑과 아름다움 등은 모두 불교 사상의 영향을 받고 있다.[18] 작품에 나타난 불교 사상에 대한 탐구는 김동리와 선충원이 인생

---

14 김영수, 「東里文學의 思想的 軌跡-작품과 작가연구」, 『東里文學이 韓國文學에 미친 영향』, 中央大學校 藝術大學 文藝創作學科, 1979, 54~55쪽 참조.

15 郭國昌, 「論沈從文的宗敎精神」, 『西北師大學報(社會科學版)』 第37卷第3期, 2000, 46쪽.

16 김동석, 「김동리 소설의 설화모티프 연구」, 명지대학교 박사논문, 1997, 60쪽.

17 1921년 선충원이 천동(川東)에서 돌아온 이후 진거진(陳渠珍)의 서기원(書記員)으로 일하게 된다. 그때 그가 섭(聶)씨의 이모부를 만나고 '송원철학(宋元哲學)', '대승(大乘)', '인명(因明)' '진화론(進化論)' 등을 듣게 되었다. 沈從文, 「學習歷史的地方」, 『從文自傳』, 人民文學出版社, 1981, 105쪽 참조.
선충원은 『진고(眞誥)』, 『법원주림(法苑珠林)』, 『운급칠첨(雲笈柒簽)』 등 불교서적을 열람하고 소설집 『월하소경(月下小景)』을 창작했다고 한다. 沈從文, 『沈從文小說全集 卷八: 月下小景·如蕤』, 長江文藝出版社, 2014, 35쪽 참조.

18 李仕中, 「沈從文與佛敎」, 『雲夢學刊』 第4期, 1995, 58~59쪽 참조.

을 어떻게 바라보는지를 잘 드러낸다. 이들의 불교소설은 구도적 성격이 아주 강하다. 두 작가는 다양한 인물의 구도 과정을 통해서 인간이 해탈에 이르는 여러 가지 노력을 보여준다. 본고는 김동리와 선충원의 구도소설을 중심으로 인간의 욕망과 고통, 그리고 이를 극복하고 해탈에 이르는 과정을 살펴보고자 한다.

2. 연구사 검토

김동리와 선충원의 불교적인 측면에 대한 연구는 크게 작가론과 작품론 두 가지 유형으로 나눠서 살펴볼 수 있다.

첫째, 김동리와 선충원에 대한 작가론적 연구들이다. 김동리에 관한 대표적인 연구 성과로는 김윤식[19], 김영수[20], 이동하[21], 홍기돈[22] 등의 연구를 들 수 있다. 그 중 김윤식은 김동리의 개인사적인 관점에서 출발하여 김동리 작품에 대한 전반적 해석을 하고 있어 김동리를 이해하는 데에 많은 시사점을 제공한다. 특히 김동리가 다솔사, 해인사, 광명학원 등을 거쳤으며, 범부 김기봉, 서정주 등에게 영향을 받았다고 소개하면서 김동리와 불교의 인연을 제시하였다. 또한 김동리가 추구하고자 하는 '생의 구경'은 불교에서 고통에서 벗어나라는 이념과 일치하는 면도 있다

---

19 김윤식, 『김동리와 그의 시대』, 민음사, 1995.
20 김영수, 앞의 글, 1979.
21 이동하, 「한국문학의 전통지향적 보수주의 연구」, 『현대소설의 정신사적 연구』, 일지사, 1989.
22 홍기돈, 「김동리 연구」, 중앙대학교 박사논문, 2003.

고 밝혔다.

김영수는 작가론과 작품론 두 가지 측면에서 연구를 진행했다. 작가론 부분에서 김영수는 김동리의 인간주의적 민족문학론을 논의하면서 김동리의 작품은 신앙으로 이루어져 있다는 것을 밝혔다. 작품론 부분에서 주로 「등신불」을 근거로 김동리의 불교 신앙을 설명하고 있다. 이 작품의 외형은 신앙을 통한 인간의 극복과 해탈의 세계에 이르고 있다면서, 인간번뇌를 인간 앞에 영원한 조상으로 제시한 작가의 의도에 이 작품의 의의가 있다고 밝혔다.

이동하는 김동리 작품의 전통지향성을 충분히 인정하면서 김동리 문학에 나타난 동양의 고대에 대한 관심을 강조하고 있다. 그리고 「등신불」과 「원왕생가」 등의 작품을 분석하면서 김동리 소설에 드러난 불교적인 색채를 인정하지만 작품에서 볼 수 있는 결혼하여 자식을 남기는 내용, 가족관계의 갈등, 등신불의 주술적 효능 등을 통해 유교나 무교의 영향도 많이 받은 것이 분명하므로 김동리 작품들에서 불교사상은 표피적인 것으로, 불교외적 요소의 개입이 더 뚜렷하다고 밝혔다.

홍기돈은 김동리의 개인사에서 출발하여 그의 문학 전반에 대해 살펴보고 있다. 그 중 불교적인 것과 관련된 부분은 우선 서정주, 범부, 만해, 최범술 등이 김동리에게 끼친 영향을 말한다. 그리고 「솔거」연작과 「등신불」에서 다루는 인간의 구원 문제에 대해 논의하기도 하였다.

선충원에 관한 작가론 연구는 주로 이사중(李仕中)[23], 곽국창(郭國昌)[24],

---

23 李仕中, 앞의 논문.
24 郭國昌, 앞의 논문.

소영전(蘇永前)[25], 주서명(周署明)[26], 원계군(袁啓君)[27], 용영간(龍永幹)[28]의 논문을 들 수 있다.

이사중은 불교 신자가 아닌 선충원이 불교를 철학으로 받아들이면서 불교의 인성론(人性論)에 근거하여 그의 생명철학을 구축하였다는 것을 논의했다. 그리고 선충원의 생명관, 미학관, '시간'과 '영원', '우연'과 '필연'에 대한 추구는 모두 불교의 영향을 받았다고 밝혔다.

곽국창은 기독교의 사랑 정신, 도교의 정신과 불교의 정신 세 가지 측면에서 선충원의 종교 정신을 고찰하였다. 그 중 자아초월의 실현, 자유로운 마음에 대한 추구, 그리고 궁극적인 배려심에 대한 주목은 선충원이 불교 정신에 대해 깨달았기 때문이라고 밝히고 있다.

소영전은 선충원의 대표적인 '상서세계(湘西世界)'에 나타난 불교에서의 선학(禪學)사상을 중심으로 살펴보았다. 작품에 드러난 연민의 감정, 생명무상의 깨달음, 자연으로의 회귀, 그리고 그의 창작 사상에서 선학의 흔적을 찾아볼 수 있다고 논의했다.

주서명은 주로 선충원과 불교의 인연, 그리고 불교의 '심성론(心性論)'이 선충원의 사람에 대한 생각에 독특한 시각을 제공해 주었다는 점에서 논의를 진행했다.

원계군은 기독교, 도교, 불교와 선충원의 관련성을 고찰하였다. 선충

---

25 蘇永前,汪紅娟,「論沈從文"湘西世界"中的禪學意趣」,『甘肅社會科學』第3期, 2005.

26 周署明,「論沈從文與佛教文化」,『湖南第一師範學報』第7卷第1期, 2007.

27 袁啓君,「論沈從文的宗教情懷」,『遼寧行政學院學報』第9卷第11期, 2007.

28 龍永幹,「人生體驗的會通與文學創作的資鑒-論沈從文與佛教文化的關係」,『貴州文史叢刊』第3期, 2011.

원의 개인 경력, 불경 이야기를 소재로 한 소설과 산문, 그리고 자유로운 마음을 추구하는 불교적 정신 등 종합적인 측면에서 불교가 선충원에게 커다란 영향을 끼쳤다는 것을 밝혔다. 그리고 기독교, 도교, 불교의 '신성' 사상의 핵심은 사람으로 하여금 사람의 허위와 타락한 사회생활에서 벗어나 진심을 보유하고 사람을 사람이라는 신성(神性)적 사명을 회복하는 데에 있다고 논의했다.

용영간은 더 종합적인 차원에서 선충원과 불교의 관계를 살펴보았다. 그의 논문은 선충원의 인생에 대한 인식, 소재의 수용, 미적 관념의 발생, 그리고 인물 조형과 예술 표현 등 면에서 선충원과 불교문화의 관련성을 밝혔다.

둘째, 불교적 차원에서 본 작품론 연구들이다. 이들은 다시 불교 사상의 반영, 불교설화의 수용, 구도 세 가지로 나눠서 살펴볼 수 있다.

먼저 불교사상의 반영이라는 측면의 연구가 있다. 서경수[29]는 김동리의 「등신불」을 중심으로 만적의 자기무화와 불교적 표현인 소신공양을 분석하였다. 그리고 소설의 불교적 배경, 등신불 이야기 등의 측면에서 「등신불」에 대한 불교적 해석을 진행하였다. 이 글은 「등신불」을 보다 깊이 있게 연구했다는 데 의미가 있다. 그리고 종교적 신앙의 길과 상대적 안이를 추구하는 세속의 길에 대한 사유를 환기하기도 한다.

방민화[30]는 무교, 불교, 유교, 도교, 기독교 등 종교들의 본질에 대해 탐구하고, 그것들이 김동리의 소설에 어떤 양상으로 형상화되어 있는지

---

29 서경수, 「燒身의 美學-金東里 「等身佛」의 佛敎的 解釋」, 『東里文學이 韓國文學에 미친 영향』, 中央大學校 藝術大學 文藝創作學科, 1979.

30 방민화, 『현대소설과 종교적 상상력』, 학고방, 2010.

를 분석했다. 그는 김동리의 「원왕생가」, 「불화」 연작, 「저승새」, 「최치원」, 「호원사기」, 「등신불」을 중심으로 이들 작품에 나타난 신라인의 신앙과 원효의 정토사상, 불교 수행법으로 본 운명 타개 방식, 보살화현(菩薩化現) 설화와의 대비, 불이사상(不二思想)과 보살적 인간의 동체대비심(同體大悲心), 감통(感通)의 세계와 희생제의, 자기무화(自己無化)의 극치와 존재론적 자각을 각각 살펴보면서 김동리 소설에 나타난 불교적 사상을 고찰하였다. 이 연구는 김동리 소설에 대한 불교적 해석의 여러 가지 가능성을 제시해 주어 매우 의미가 있다.

허련화[31]는 김동리의 불교소설을 불교적 현상이나 사상을 문학적 형식으로 형상화한 불교소설, 문헌 불교설화를 번안한 불교소설, 불교적 내용이 작품의 주제와는 관련 없는 소설적 장치나 주변적 소재로 존재하는 불교소설 등 세 가지 유형으로 분류하여 분석함으로써 김동리 불교소설의 지향점 및 사상적 깊이를 짚어보았다. 그리고 불교 사상을 논의하면서도 김동리 소설에 드러난 현세적 지향성을 밝히는 데 집중하고 있다. 김동리의 소설을 불교적 측면에서 분류하고 전반적으로 살폈다는 데 의미가 있으나 불교소설에 대한 불교적 해석이 부족해 아쉬움이 남는다.

홍기돈[32]은 김동리의 불교 소설 범위에 대해 정리했다. 불교의 무(無)사상을 중심으로 김동리의 '구경의 삶'의 추구를 분석한 것이다. 김동리의 작품은 인간과 자연 사이의 거리를 극복하여 선(仙)의 범주에 도달하려 하므로 김동리 사상의 핵심은 '선(仙)의 이념'이라 논의하였다. 또한

---

31 허련화, 「김동리 불교소설 연구」, 『한국현대문학연구』 25, 2008.

32 홍기돈, 「김동리의 구경적(究竟的) 삶과 불교사상의 무(無) : 김동리 소설 읽기·2」, 『인간연구』 25, 2013.

선을 이루기 위해서는 인간이 스스로를 비워낼 수 있어야 하는데, 이는 불교의 무(無)에 이르려는 수행 절차와 일치한다고 보았다. 이러한 불교 사상이 훌륭하게 형상화된 김동리의 작품으로는 「솔거」, 「등신불」, 「까치 소리」, 「저승새」 등이 있다고 지적했다. 그리고 '선의 이념'과 불교를 연결 시켜 불교에서의 구원, 수행, 무아 요소 등을 끌어들여 김동리의 소설을 분석했다는 데 매우 의미가 있다.

한립군(韓立群)[33]은 이와 달리 선충원의 소설집 『월하소경(月下小景)』이 불경 이야기를 근거로 하여 새로 창작한 소설임을 인정하지만, 불교철학 이 아닌 선충원의 생명철학이 반영되었다고 주장하고 있다. 물론 생명철 학은 불교철학을 비판하면서도 계승하는 면 또한 있다. 이 글은 불교철 학과 선충원의 생명철학의 관계에서 출발하여 그의 생명철학을 중심으 로, 보다 깊이 있게 선충원의 개작 소설을 탐구하는 데 의미가 있다. 그 러나 불교철학에 대한 논의가 단순히 일반적인 희생, 사랑, 아름다움 등 에 제한되어 있어 보다 더 깊이 있게 논의할 필요가 있다.

주낙의(朱樂懿)[34]는 선충원의 『월하소경』을 중심으로 자연 인성 중의 '신성(神性)'과 '마성(魔性)'에 대한 반성을 논의하여 보다 새로운 관점에서 인간성을 고찰하였지만 이론적 근거가 많이 부족한 것이 사실이다.

양소란(梁小蘭)[35]은 선충원 작품에 나타난 관음과 같은 여성 형상에 착 안하여 여자 인물의 관음 이미지를 본래 의미의 관음, 차용 의미의 관음,

---

33 韓立群, 「生命哲學的寓言-沈從文小說集《月下小景》」, 『聊城師範學院學報(哲學社會科學版)』 第3 期, 1993.

34 朱樂懿, 「沈從文《月下小景》對自然人性的反思」, 『湖南第一師範學報』 第3期, 2007.

35 梁小蘭, 「沈從文筆下的觀音意象-試論佛教文化對沈從文創作的影響」, 『安徽文學』 第3期, 2009.

기능 의미의 관음 등 세 가지 유형으로 나누어 살펴보았다. 여자 인물에 주목해서 그것과 관음의 이미지를 관련시켰다는 점은 새로운 시도이지만 관음 이미지를 사용한 이유와 의미가 무엇인지 밝히지 않은 점은 한계라 할 수 있다.

그 다음으로, 불교설화 수용을 중심으로 한 연구들이 있다.

조남현[36]은 김동리의 많은 소설들이 설화와 관련되어 있다고 지적했다. 이 글은 저승새를 꼭 남이의 화신이 아닌 보살의 화현이라고 보고 「저승새」와 불교설화의 관계가 크다는 것을 분석했다. 그러나 「저승새」는 현세적 사랑에 많이 할애한 면이 있기 때문에 이러한 해석은 논쟁의 여지가 있다.

방민화[37]는 『삼국유사』에 기록된 김현감호설화의 소설적 변용을 중심으로 김동리의 「호원사기」를 살펴보았다. 이 글은 설화와 소설의 여성을 중심으로 하여 '감통의 세계에 숨겨진 여성의 희생제의'와 '정치적 권력 욕망에 바쳐진 여성 희생물'에 대해 논의하고 있다. 김동리 소설의 설화적 변용을 여성 중심으로 살펴보았다는 데 큰 의미가 있으나 여성의 수동적인 희생에 초점을 맞추고 있어서 여성이 소극적으로 나타나 있는 점은 문제이다.

한편, 김동석[38]은 무속설화, 민간설화, 불교설화, 역사설화, 기독교설화의 모티프를 중심으로 김동리의 소설을 연구했다. 그 중 본고와 관련

36 조남현, 「저승새와 보살행화설화」, 『한국현대문학의 자계』, 평민사, 1985.

37 방민화, 「김현감호설화(金現感虎 說話)」의 소설적 변용 연구-김동리의 「호원사기(虎願寺記)」를 중심으로」, 『문학과 종교』 14, 2009.

38 김동석, 앞의 논문.

된 불교설화 모티프에 대한 분석은 각각 「솔거」연작에 나타난 유마적 실천의 모티프, 「등신불」에 나타난 소신공양의 모티프, 「원왕생가」에 나타난 재가승의 구도적 삶의 모티프, 「극락조」에 나타난 한 비구니의 환속 모티프로 이루어지고 있다. 이 연구는 설화의 모티프뿐만 아니라 대승 불교적 차원에서 김동리의 대표작을 재해석했다는 데 의미가 크다. 그러나 대승 불교적 차원에 너무 치우쳐 소설 분석이라기보다는 불교 해석의 느낌이 더 강하고, 주인공 또한 일반적인 인간보다 보살의 화신이나 재가승 등 불교적 신분이 더 눈에 띈다.

정호웅[39]은 불교설화를 한반도에서 생산된 불교 설화로 한정하면서 불교설화와 한국 현대소설의 관계에 따라 불교 설화의 구조와 주제를 그대로 살린 이야기, 불교설화의 재해석을 통해 만들어낸 새로운 구조와 주제의 이야기, 불교설화 속 화소 또는 구성소 한두 개를 빌려와 만든 이야기 등으로 분류하였다. 그 중 김동리의 작품 「원왕생가」는 첫째 분류에 속한다. 그리고 신심과 예술혼, 혁명적 정치성, 사랑의 양상, 욕망 통어와 속죄의 사랑 등을 통해 소설 속 불교설화가 지니고 있는 의미에 따른 분류도 하였다. 김동리의 「원왕생가」는 신라인의 신심을 보여주었다면 「저승새」는 절대적 사랑을 보여주었다. 이 글은 새로운 분류 방법을 통해 불교설화와 한국 현대 소설의 밀접한 관계를 고찰하고 있어 매우 큰 의미가 있다. 그러나 구비설화, 문헌설화에서는 「저승새」와 비슷한 설화를 찾을 수 없다는 문제점이 존재한다. 따라서 이 글은 불교 설화를 통해 사랑의 형식을 제시하는 데 의미가 있지만 텍스트를 선정하는 데에 아쉬움

---

39 정호웅, 「한국 현대소설과 불교 설화-주제별 수용 양상을 중심으로」, 『우리말 글』 45, 2009.

이 있다고 하겠다.

선충원에 관한 연구에서, 공민률(龔敏律)[40]은 선충원의 소설집『월하소경』에 나타난 불교 교리, 불경 이야기의 서사 구조, 상상력, 불교문화의 우수한 요소, '말하기-듣기'의 형식 등에 대한 수용을 각각 살펴보았다. 그리고 이를 통해 선충원의 인간의 진선미(眞善美)에 대한 선양, 이야기 자체의 생동성과 재미성에 대한 중시, 현대 문학의 구축에 대한 의도 등을 논의하였다. 이 글은 개작의 초점을 맞춰 원전비평의 방법으로 불경의 이야기와 선충원의 소설을 비교해 나가면서 선충원 소설의 특성을 고찰한 점에 상당한 의미가 있다. 그러나 전반적인 연구이다 보니 각각 작품에 대한 깊이 있는 분석을 하지 못해 아쉬움을 남겼다.

유홍도(劉洪濤)[41]는 서정을 추구하는 중국 현대소설 조류에서 선충원의 독특한 '이야기', 즉 소설의 서사성을 중심으로 선충원 소설의 특징과 문학사적 의미를 살펴보았다. 선충원은 소설을 창작할 때 민간 이야기의 소재와 모티프를 수용하거나 불경 이야기를 개작하여 구전 이야기를 모방하는 경우가 있다. 그의 액자소설집『월하소경』은 바로 대표적 예라 할 수 있다. 이 글은 소재와 형식 등 다양한 측면에서 선충원의 소설을 전반적으로 살펴보았다. 특히 선충원 소설에서 중요한 '이야기'와 '플롯'의 현대 소설사적 위치를 분석한 점이 이 논문의 장점이라 할 수 있다. 그러나 논문을 전개할 때 이러한 문학사적 위치, 플롯의 다양한 유형 설치, 민간 이야기와 불경 이야기의 수용, 구전 이야기 방식과 액자소설 등의 논리

---

40 龔敏律, 「論沈從文《月下小景》集對佛經故事的重寫」, 『中國現代文學研究叢刊』 第2期, 2004.

41 劉洪濤, 「沈從文小說的故事形態及其現代文學史意義」, 『鄭州大學學報(哲學社會科學版)』 第4期, 2006.

전개는 위계적으로 잘 구성되었다고 보기 힘들다.

포미(包薇)[42]는 선충원의 『월하소경』을 중심으로 불경을 개작한 소설의 이야기하는 형식을 논술하였다. 그 중 '먼 곳'이라는 이야기를 전달하는 수법, 구전에서의 이야기를 다시 하기, 이야기의 효용성, 이야기의 역사 초월성 등을 살펴봄으로써 선충원 소설의 이야기 특성을 밝히고 있다. 이야기를 하는 형식 측면에서 선충원의 소설을 살폈다는 데 의미가 있으나 그의 소설의 배경인 불경 이야기에 대한 언급이 거의 없어서 아쉽다.

양검용(楊劍龍)[43]은 선충원 소설에 나타난 신화전설 이야기를 불경이야기에 대한 개작, 민간 이야기에 대한 개작, 상서변성(湘西邊城)의 전기 이야기 등의 세 분류로 나눠서 살펴보았다. 이들 신화전설이야기가 소수민족문화를 반영하는 동시에 거기서 깊은 영향을 많이 받기도 한다. 이들 이야기의 서사방식, 습관묘사, 민간가요 등은 선충원 작품의 특유한 스타일을 만들어낸다. 이 글은 선충원의 신화전설이야기와 소수민족문화를 결합하여 분석했다는 데 의미가 있다. 그러나 소설에 나타난 이야기의 서술방식까지 소수민족문화의 영향을 받고 있다는 결론은 다소 무리가 있다 할 수 있다. 왜냐하면 소수민족문화가 아니어도 설화나 불교 선학의 전달 방식, 소설의 특성 등에 의해 선충원의 서술방식이 충분히 설명되기 때문이다.

마지막으로, 구도 문제에 대한 연구가 있다. 임영봉[44]은 김동리 작품

---

42 包薇, 「論沈從文《月下小景》說故事的方式」, 『內蒙古大學學報(哲學社會科學版)』第6期, 2010.

43 楊劍龍, 「神話傳說故事與少數民族文化-讀沈從文作品」, 『民族文學硏究』第1期, 2012.

44 임영봉, 「김동리 소설의 구도적 성격-불교와의 관련성을 중심으로」, 『우리문학연구』 24, 2008.

세계의 구도적 성격을 명확히 제시하고 있다. 이 글은 김동리의 불교 입문 과정과 「솔거」 3부작을 중심으로 살펴보았다. 이 세 작품에 각각 괴로움(苦)과의 대면, 괴로움의 덩어리인 '나(我)'에 대한 직시, '나'에 대한 집착을 버림으로써 마침내 새로운 삶을 얻게 되는 내용을 담고 있다고 밝혔다. 이 글은 유일하게 김동리 소설의 '구도적 성격'을 명확히 밝힌 논문이다. 비록 「솔거」 3부작을 중심으로 고찰하였지만 김동리의 구도소설에 대한 연구에 그 근거를 제공해 준다. 이에 비하여 선충원 작품에 나타난 구도 문제에 관한 연구는 아직 미비한 형편이다.

3. 연구방법 및 연구범위

본고에서는 김동리와 선충원의 구도소설을 비교의 방법으로 논의하기로 한다. 현재까지 두 작가의 영향 관계는 아직 밝혀지지 않았으므로 본고는 수평연구의 비교 방법으로 연구 작업을 진행하고자 한다.

수평연구는 "사실적 연계가 없는 부동한 국가, 민족 간의 문학 현상을 비교, 연구하고 그들의 유사성과 차이성을 분석하고 그들 사이의 내적 연계와 공동 법칙, 민족 특성 등을 탐구함으로써 작품의 미학적 가치를 발굴하고 사람들의 문학작품에 대한 이해와 흠상을 돕는다."[45] 수평연구는 비교 대상에 따라 주제학, 장르학, 비교 시학 등 많은 비교 작업으로 나눌 수 있지만 그 공통적인 것은 유사성 속의 차이성과 차이성 속의 유

---

45 김명숙, 『비교문학 이론과 실제』, 민족출판사, 2014, 81쪽.

사성을 깊이 파악하는 데에 있다.[46] 특히 유사성을 전제로 하여 수평연구를 진행하는 경우가 많다. 앞에 언급한 김동리와 선충원 소설의 공통점에 의하면 본고에서 진행하고자 하는 비교 작업이 바로 이러한 경우이다.

본고에서 논하고자 하는 두 작가의 구도소설의 가장 큰 공통점은 해탈을 위한 구도를 들 수 있다. 이들 두 작가의 소설은 불교 사상의 옹호를 통해서 고통을 극복하거나 극락왕생을 추구하며 불교 이념에 대한 변통(變通)을 통해서 불교와 현세적 인생을 결합시켜 인간의 해탈 지향성을 표현하고 있다. 이러한 고통의 극복, 극락왕생, 그리고 현세 사람의 추구는 모두 해탈을 지향하는 성격을 지니고 있다. 이러한 '해탈'을 향한 추구 과정들은 사람으로서의 구도 과정이고, 두 작가가 인간성을 탐구하는 길에서의 시도로 볼 수 있다. 그리고 이들의 관점들은 바로 두 작가의 구도소설에서 진정으로 표현하고자 하는 것이고 본고에서 밝히고자 하는 부분이다.

불교소설은 "불교의 세계관과 사상을 주제의식으로 내세운 창작 소설"[47]로 정의될 수 있다. 따라서 불교적 구도소설을 연구하려면 '불교의 세계관과 사상'을 떠나서 말할 수 없다. 따라서 본고는 불교철학의 관점을 이용하여 이를 분석하고자 한다. 불교철학은 불교 전체 교의의 사상의 기초다. 달리 말하면 불교교의 중의 인생관, 세계관, 방법론이다.[48]

---

46 위의 책, 81-87쪽 참조.

47 고송석, 앞의 책, 14쪽.

48 방립천, 앞의 책, 18쪽 참조.

방립천의『불교철학』이란 책에 의하면 불교철학의 구성은 대개 3가지 기본맥락을 포함하고 있다. 이 3가지 기본 맥락을 간단히 살펴보면 다음과 같다. 첫째, 불교는 인생의 '진실'을 탐구하는 데, 인생에 대한 가치판단을 내리는 데 중점을 두고 있다. 즉 인생은 고(苦)이며, 인생의 이상은 현실생활에서 수반되는 여러 고통을 제거하여 해탈을 구하는 것이라 생각한다. 둘째, 불교는 인생의 '진실'을 깊이 탐구하는 것에서 우주의 '진실'을 찾는 데까지 이른다. 셋째, 불교에 있어 전체 인생과 우주의 '진실'에 대한 탐구는 연기설로 귀결되고 있다. 즉 인생과 우주 사상은 모두 여러 원인과 조건이 화합(和合)하여 생겨난다는 것이다. 연기이론(緣起理論)으로부터 추론해 나가면 '무상(無常)'론과 '무아(無我)'[49]론도 나오게 된다. 이로 인해 불교는 그 외의 다른 유파의 기본이론과 구별되는 특징을 갖는다. 이에 의하면 불교학설은 인생관, 우주관, 윤리학, 인식론 등 다방면의 철학영역을 포함한다. 이것이 불교철학의 골격이고, 불교철학의 기본 범위이다.[50]

본고는 불교를 통한 구도를 중심으로 논의하고자 하기 때문에 불교의

---

49 사람들은 변화의 관념에 착안하여 인연화합으로 형성된 모든 현상을 분석한다. 그리고 모든 현상이 서로 의지하고, 실체가 없고, 즉 허무하고 주재가 없는 것을 발견한다. 이는 바로 '무아'이다. 方立天, 『佛教哲學』, 中國人民大學出版社, 2012, 108-109쪽.

50 위의 책, 18-21쪽 참조.

우주관보다 인생관[51]에 주목한다. 사성제설(四聖諦說)[52]과 삼법인설(三法印說)은 불교의 인생관을 핵심적으로 밝히고 있다.[53] 그 중 사성제는 불교의 근본사상이자 불교교리(佛敎敎理)의 대강(大綱)[54]이다. 그리고 본고에서 논의하고자 하는 구도에 가장 적합하기도 하다. 왜냐하면 본고에서 다루고자 하는 구도는 사성제의 도제(道諦)에 해당하고, 고통, 고통의 원인, 고통의 제거는 각각 고제(苦諦), 집제(集諦), 멸제(滅諦)에 해당하기 때문이다.

불교의 사성제에서 멸제(滅諦)는 '애멸고멸성제(愛滅苦滅聖諦)' 또는 '고진제(苦盡諦)'라고도 불린다. '애(愛)'는 곧 탐욕이다. 멸제는 탐욕을 멸진(滅盡)하여 고통을 제거해서, 다시 태어나지 않는다는 이치를 말한다.[55] 불교에서 욕망의 속박에서 벗어나는 궁극적인 해탈 상태를 열반이라고 한다. 불교철학에 의하면, "일체의 인연화합으로 이루어진 사물은 모두 무상한 것이어서, 중생은 염세의 고통을 일으키지만, 다시 한걸음 더 나

---

51 "불교의 인생관이란 인생의 현상과 그 본질에 대한 불교의 총체적인 입장을 말한다. 그 내용에는 두 가지 방면이 있다. 하나는 인생의 가치에 대한 판단 - 일체개고(一切皆苦) -이고, 다른 하나는 인생의 고통에서 벗어나는 방법과 결과에 대한 지적이다." 방립천, 앞의 책, 88쪽.

52 사성제는 '사진제(四眞諦)' 간단히 '사제(四諦)'라고도 한다. 고제(苦諦), 집제(集諦), 멸제(滅諦), 도제(道諦)라는 사제(四諦)'는 신성한 '진리'이며, 이것은 생사와 열반의 인과에 관한 이론이다. 고제와 집제는 인생의 핍박성과 그렇게 되는 속성을 나누어 밝힌 것인데, 모두 인생이 연기한다는 이치를 설명하고 있다. 또 말하기를 고(苦)는 미혹의 결과이고, 집(集)은 미혹의 원인이어서, 이 두 진리는 생사유전의 인과라고 말한다. 그 구체적 내용은 주로 12인연설에 있다. 멸(滅), 도(道) 두 진리는 인생의 해탈 가능성과 수행 가능성, 곧 인생의 이상적 경계와 그 이상적 경계를 실현하기 위한 방법을 각각 설명하고 있다. 이것은 모두 인생의 해탈을 설명하는 이론이다. 또 말하기를 멸은 깨달음의 결과요, 도는 깨달음의 원인이라 하여, 멸·도 두 진리를 열반환멸(涅槃還滅)의 인과라고도 한다. 위의 책, 88-89쪽.

53 위의 책, 88쪽 참조.

54 서경보, 앞의 책, 38쪽 참조.

55 방립천, 앞의 책, 107쪽.

아가면 일체 사물은 무아(無我)여서 반드시 의지할 바가 없게 되어 멸에 이르게 된다."[56] 이에 의하면 욕망의 형식 기초인 '아집(我執)'[57]을 포기하고 '인아(人我)'의 차별을 부정하면 욕망도 존재할 근거가 없게 될 것이고, 인생의 고통도 해결될 수 있다.

이러한 불교의 해탈설(解脫說)은 이론적으로 이해하기 쉽다. 그러나 불교에서 말한 무아 경지에 대한 깨달음은 일반적 이성의 이해와 다르다. 이러한 깨달음은 서양 철학에서 말한 직관과 유사하다. 즉 언어로 표현하기 어려운 선험(先驗)적인 인식이다. 불교 유식학파(唯識學派)의 '전식성지(轉識成智)'이론과 선종(禪宗)의 돈오(頓悟) 이론 등은 바로 이러한 인식의 차별에 대해 거론하고 있다. 더 구체적으로 말하자면, 이러한 인식의 차별은 주로 이성으로 불교 진리의 경지를 이해할 수 있지만 이러한 경지를 위한 실행은 어렵다는 것으로 드러난다. 현실 생활에서 불교 등 종교를 통해 해탈을 추구하는 사람이 많다. 그러나 현실 생활의 경험에 의하면, 욕망을 극복하는 일은 결코 쉬운 일이 아니다. 현실 생활에서 종교의 구도를 통해 열반의 경지에 진정히 도달하는 실례는 보기 힘들다. 현실 생활에서의 구도자는 흔히 욕망의 선택과 포기 사이에 현실에 부합하는 균형점을 찾아야 한다.

본고에서 연구하고자 하는 소설은 모두 불교적 구도를 소재로 한 현대 소설 작품들로서 한 인간의 해탈을 위한 노력을 보여주고 있다. 전통

---

56 위의 책, 135쪽.

57 불교에서는 아(我)에 두 가지가 있다고 말한다. 하나는 인아(人我)이고, 다른 하나는 법아(法我)이다. 아(我)에 대한 집착을 '아집(我執)' 또는 '아견(我見)'이라고 한다. 아집에는 다시 '인아집(人我執)'(人執)과 '법아집(法我執)'(法執)의 두 가지로 나뉜다. 이것은 불교에서 깨뜨리고자 하는 가장 중요한 관념이다. 위의 책, 133쪽.

의 불교 이야기에 비해 이러한 작품의 플롯이 더 생생하고 풍부하다. 그리고 진실한 생활 경험에 더 부합한다. 현실 생활의 모든 사람은 해탈 하려는 소망이 있다. 이와 동시에 욕망을 충족시키는 갈망도 있다. 욕망은 벗어날 수 없는 객관 존재이다. 욕망을 포기하면 해탈에 이르는 것이지만 그 과정은 일종의 고행(苦行)일 수밖에 없다. 본고에서 연구하고자 하는 소설에서 주인공들이 해탈하려는 목적은 같지만 해탈을 위한 도정에서 구체적인 환경, 성격 등에 따라 욕망에 대한 각각 다른 판단, 선택을 하고 있다. 그리고 이에 의하여 다른 구도 결과를 얻게 된다. 이는 구도하는 길에서의 다양한 인간의 모습을 보여준다. 이에 따라 같은 소재의 소설이더라도 다른 사상을 내포하게 되고 미(美)적 특징이 드러날 수 있다. 이를 통해 작가들의 불교 인생철학에 대한 서로 다른 이해를 엿볼 수도 있다.

본고에서 연구하고자 하는 소설의 주인공들은 주로 외적 수행의 추구, 사랑에 대한 추구, 평등심에 대한 추구 등의 방식을 통해서 해탈과 욕망 사이의 균형을 찾고자 한다. 이는 현실 생활에서 사람의 이성, 욕망, 그리고 불교 구도 정신의 상호 작용을 드러낸다. 이러한 해탈을 위한 구도 양상에 관한 이론의 근거를 간단히 살펴보면 다음과 같다.

첫째, 외적 수행의 추구이다. 불교철학은 인생의 본질이 고통인 것과 고통이 욕망에서 근원한다는 것을 인정한다. 만약 욕망과 고통의 관계에서만 생각을 한다면, 인간으로 하여금 고통에서 벗어나게 하는 가장 직접적인 방식은 욕망을 끊임없이 충족시키는 것이다. 그러나 이러한 해탈 방식은 오직 이론적 측면에서만 성립할 수 있다. 불교철학에서 욕망을 충족시키는 방식을 통해서 해탈에 이르는 길은 불가능하다고 주장한다. 불교철학 사성제의 이론에 따르면, 집제(集諦)의 '집(集)'은 집합의 의미이다. 집제는 일체 존재가 모두 조건이 집합하여 이루어졌다고 말한다.[58] 이들 조건은 인과율(因果律)에 따라 계속 변화한다는 것이다. 이에 따라 세상 만물은 모두 '무상(無常)'인 것이다. 불교의 '제법무상(諸法無常)'이라는 관점에 따르면 "욕망을 끊임없이 충족시킨다."는 것은 한 가지의 거짓 명제(命題)임에 불과하다. 욕망을 충족시키는 방식을 통해서 인생의 본질인 고통을 제거할 수는 없다. 따라서 불교철학에서 '무상즉고(無常卽苦)'란 설(說)도 있다. 그러나 외적 수행의 추구는 불교 구도에 있어서 아무 의미도 없는 것이 결코 아니다. 불교철학, 특히 대승불교철학은 바로 현실적 생활 경험의 필요성을 강조하면서 불교 구도에 있어서 외적 수행의 의미를 제시하고 있기 때문이다. "그들은 '행위'를 중히 여겨, 현실세계를 피하지 말고 현실세계와 대면하고, 현실세계를 이해하며, 자신의 종교 실천이 세간의 실제를 벗어나지 않도록 노력하고 현실 속에서 해탈을 구할 것을 강조하였다. 이로 인해 대승은 초기에 특히 재가(在家)를 중시하고 출가(出家)를 주장하지 않았다."[59]

소위 외적인 것은 자신의 경험에 의해서 접촉하지 못한 객관적 것과 주관적 것을 말한다. 사람은 경험하고 있는 것에 대해 불만이나 절망을 느끼게 될 때, 흔히 새로운 환경을 발견할 수 있다. 그리고 고통의 해결과 욕망의 충족은 여기에 기탁한다. 이러한 외적 수행의 추구는 상상이나 심리적인 투기(投機)에서 비롯된다. 따라서 이는 맹목적이다. 외부에

---

58 위의 책, 93쪽.
59 위의 책, 42쪽.

서 어떤 것을 얻는 방식을 통해 욕망을 충족시키고 고통을 해결하는 것은 많은 문제가 있다. 그러나 객관적으로 보면 이는 해탈을 추구하는 데가장 기본적이고 보편적인 방법이기도 하다. 그리고 이러한 외부로 나가는 인생 경험은 흔히 사람에게 다른 해탈 방법을 찾게 되는 계기가 될 수도 있다. 따라서 외적 수행의 추구는 사람의 기본 존재와 발전 방식이라할 수 있다. 외적 수행의 추구 과정이 있어야 사람은 우주 인생을 더 잘인식할 수 있고 해탈을 위한 출구를 찾을 수 있다. 따라서 불교적 구도를소재로 한 문학 작품에서 외적 수행의 추구는 중요한 소재의 원형이다.평범한 사람은 외적 수행의 추구 과정에서 욕망과 구도의 관계에 대한깨달음을 계속 발전시키고 변화해 나갈 수 있는 것이다.

둘째, 사랑에 대한 추구이다. 욕망을 충족시키는 것을 통해서 인간으로 하여금 해탈하게 하는 방법에 비해, 더 본질적인 해탈 방법은 아집(我執)에 대한 부정에 있다. 앞에서 언급한 집제(集諦)의 인연화합(因緣和合)의 이론에 따르면 세상 만물은 큰 인과 체계로 볼 수 있다. 즉 모든 생명과 사물은 독립성이 없고 세계는 하나의 전체가 된다는 것이다. '인아(人我)'의 차별이 없다면 타인의 고통과 쾌락은 '나'의 것과 같게 된다. 불교의 교리는 신자에게 자비(慈悲)를 요구한다. '자비'는 '아집'을 포기하고타인의 고통을 '나'의 고통과 동일시하라는 것이다. 이에 따르면 사랑도사람으로 하여금 일정한 범위에서 해탈을 얻게 할 수 있다. 사랑하는 사람은 서로를 '하나'로 보고, 상대방을 자비로 대할 수 있다면, 무아의 상태에 이를 수 있다는 것이다. 불교철학의 관점에 따르면, "만약 중생이진정히 '무아'를 인식했다면, 더 이상 업이 생기지 않을 것이고 생사(生死)

의 고통에서도 벗어날 수 있다."[60] 그리고 "인생이 '무아'의 경험과 인식을 가지게 되면, 자아와 외부 세계 사물에 대한 집착과 탐욕을 점차 덜하게 될 것이다. 심지어 아집을 철저히 제거할 수 있다."[61]고 보았다. 따라서 사랑은 또 다른 범위에서 해탈에 도달할 수 있다는 것이다. 이때 사랑은 단순한 성욕을 초월한다. 사랑을 통해 얻은 해탈은 오직 사랑하는 사람들 사이에서만 가능한 한계를 가진다. 사랑 이외의 세계에서 아집과 아집으로 인한 욕망은 여전히 사람들을 부추기고 갈등하게 한다.

셋째, 희생을 통한 평등심에 대한 추구이다. 해탈하는 과정에 있어서 희생을 통한 평등심 추구는 앞에서 언급한 두 가지 추구보다 층위가 더 높다. 희생은 중생평등에 대한 인식을 바탕으로 한다. 이러한 인식은 더 넓은 범위에서 '아집(我執)'을 포기했기 때문에 욕망에 대한 부정을 실현한다. 그리고 이를 바탕으로 해탈을 이룬다. 희생정신은 타인의 고통에 대한 공감으로 표현된다. 그리고 자원(自願)적으로 중생을 위해서 자신의 이익이나 생명을 희생하기를 원한다. 평등심의 최고 경지는 불교적 구도의 궁극적인 목표인 열반으로써 철저한 해탈을 가리킨다. 그러나 중생평등에 대한 인식은 이성 인식과 다른 깨달음이다. 이러한 인식은 일반적인 인식보다 더 높다. 불교철학은 항상 이를 지혜나 반야(般若)라고 부른다. 비록 이들 이론은 모두 가설(假說)의 성질이 있고 실증의 방식을 통해서 논증하기는 어렵지만, 현상 면에 있어서 깨달음이라는 것은 보편성

---

60 方立天, 앞의 책, 72쪽. "釋迦牟尼還宣揚, 衆生如果眞正認識了無我, 就不會再産生業, 也就可以脫離生死之苦了."

61 위의 책, 108-109쪽. "人生有了'無我'的經驗,認識, 就會逐漸減少對自我和外界事物的執著貪愛, 乃至根絶我執."

을 가지고 있는 것은 분명하다. 따라서 많은 사람은 희생을 통해서 해탈을 추구하고자 한다. 그 희생은 부분적인 희생도 있고 전체적인 자아의 희생도 있다. 그러나 평등심은 선험적(先驗的)인 깨달음으로서 공부나 모방을 통해서 실현하기는 어렵다. 따라서 어떤 사람은 자신이 본질적으로 감당할 수 없는 극한 희생을 모방한다면 큰 고통이 생길 수 있다. 이 해탈은 최고의 것이지만 가장 추구하기 힘든 방법이기도 하다.

본고에서는 불교의 핵심인 사성제로 한정하여 인간의 해탈을 위한 구도 과정을 반영하는 구도소설을 연구대상으로 삼고자 한다. 이에 해당하는 소설 작품은 각각 김동리의 「불화(佛畫)」[62], 「극락조(極樂鳥)」, 「등신불(等身佛)」, 그리고 『김동리 역사소설』에 게재된 「원왕생가(願往生歌)」, 「호원사기(虎願寺記)」, 「미륵랑(彌勒郎)」과 선충원의 「톺아보기(尋覓)」, 「여인(女人)」, 「선타(扇陀)」, 「애욕(愛欲)」, 「사냥꾼의 이야기(獵人故事)」, 「의사(医生)」, 「관대한 왕자(慷慨的王子)」 등을 들 수 있다.

본고에서는 두 작가의 이러한 구도소설의 비교를 통하여 한·중 양국의 현대 소설에서 인간의 욕망과 고통, 현세적 인간의 해탈에 이르는 길을 어떻게 다루고 있는지 탐구하고자 한다. 본고는 불교철학의 관점을 활용하나 소설의 서사구조와 미의식에 대한 분석을 중심으로 연구를 진행하고자 한다.

---

62 「불화」의 원제목은 「솔거」(『조광』,1 937.8)이다. 1949년 개작된 「솔거」는 이후 「불화」라고 개제된다. 『김동리 문학전집』에 수록된 작품은 또한 개작인 「불화」이다. 따라서 본고에서는 「불화」를 텍스트로 하기로 한다. 한편, 흔히 「솔거」연작, 또한 「솔거」 3부작으로 부르는 「불화」 이외에 「잉여설」이 개작된 「정원」, 그리고 「완미설」이 있다. 비록 이 두 소설에서도 불교적 사상을 다루고는 있지만, 본고에서 논하고자 하는 불교설화의 수용과는 거리가 멀다. 이는 「솔거」연작의 개작인 「극락조」도 마찬가지이다. 따라서 본고에서는 「솔거」연작과 개작 중의 「불화」만을 살펴보고자 한다.

II 장에서는 주인공들의 외적 수행의 추구를 중심으로 살펴보고자 한다. 앞에서 언급한 바와 같이, 외적 수행의 추구는 해탈에 이르기 위한 방법 중의 하나로 고통의 제거에 목적이 있다. 그러면 두 작가의 구도소설에서 각각 어떤 고통을 다루고 있는지, 이러한 고통을 일으킨 원인은 무엇이며, 주인공들이 고통을 앞두고 추구한 외적 수행과, 깨달음을 무엇이었는지에 대해 살펴볼 필요가 있다. 그리고 이것을 바탕으로 외적 수행의 추구가 해탈에 이르는 데에 있어서 어떤 역할과 의미를 가지는지 밝히고자 한다.

III 장에서는 해탈에 이르려는 사랑에 대한 추구가 소설에서 어떻게 다루어지고 있는지를 논의하고자 한다. 사랑과 해탈은 일치하는 면이 있다. 우선, 무한한 쾌락을 의미하는 사랑은 해탈의 '고통에서 벗어난' 상태와 일치하는 면이 있다. 그리고 사랑에는 '무아'의 정신이 있다. 무아는 해탈의 경지와 일치하는 면이 있다. 따라서 사랑의 추구를 통해 해탈에 이를 가능성에 대한 문제가 제기될 수 있다. 이에 대한 고찰을 통해서 사랑이 해탈에 이르는 도정에서의 역할을 밝히고자 한다.

IV 장에서는 두 작가의 구도소설에서 다룬 구도 과정에 드러난 평등심 63에 대한 추구와 그 한계를 살펴보고자 한다. 희생을 통한 평등심에 대한 추구는 해탈에 이르는 가장 좋은 방법이기도 하고, 가장 실현하기 어려운 방법이기도 하다. 이 장에서는 '희생을 통한 평등심으로의 지향'과

---

63 일체(一切) 법(法)의 평등(平等)한 이치(理致)를 증득(證得)하고 모든 중생에게 대하여 원(怨)하다, 친(親)하다, 사랑한다, 미워한다 등의 온갖 차별(差別)하는 견해(見解)를 일으키지 않고 평등(平等)하게 불쌍하고 딱하게 여기는 마음. 한국불교대사전 편찬위원회 편, 『韓國)佛敎大辭典』 6, 寶蓮閣, 1982, 838쪽.

'욕망으로 인한 평등심의 한계' 두 가지 측면에서 출발해 희생을 통한 평등심 추구가 어떻게 나타나는지, 그 한계가 무엇인지 등의 문제에 대해 살펴볼 예정이다.

Ⅴ장에서는 김동리와 선충원의 구도소설의 문학사적 의의를 살펴보고자 한다. 김동리와 선충원의 구도소설의 문학사적 의의를 보다 더 구체적이고 명확하게 밝히기 위해 먼저 구도소설의 문학적 의의, 미학적 의의, 사회적 의의 세 가지 측면을 살펴볼 것이다. 두 작가의 구도소설의 특징과, 문학사적 의의를 중심으로 보다 객관적이고 전반적인 고찰을 진행할 예정이다.

Ⅱ
·········

해탈을 위한 외적 수행의 추구

　김동리와 선충원의 소설은 고통과 이를 극복하기 위한 '이향(離鄕) ―
여정(旅程) ― 귀향(歸鄕)'의 구조를 다루고 있다. 두 작가의 소설에서 다룬
고통은 그것이 인생의 본질이라는 것을 전제로 하여, 이향, 여정, 그리고
귀향이 인간의 고통에서 벗어나 해탈에 이르려는 구도 과정이라는 것을
보여준다. 그리고 이향을 비롯한 구도 과정은 모두 외부의 것과 관련되
어 있어서 외적 수행으로 볼 수 있다.

　외적 수행을 통해 해탈을 추구하는 것은 다음과 같은 가설(假說)을 바
탕으로 한 것이다. 즉 외부에서 인생의 고통을 해결할 수 있는 무엇인가
가 존재하는 것이다. 그러나 사실은 외적인 것은 사람에게 두 가지 직접
적인 영향을 줄 수 있다. 하나는 인간의 욕망을 충족시켜 고통을 해결하
는 것이다. 다른 하나는 인간의 욕망을 절제하여 사람으로 하여금 고통
이 생기게 하는 것이다. 현실 생활에서 사람의 욕망을 철저히 충족시키

기는 어렵다. 따라서 외적인 것으로는 인간의 욕망을 충족시켜 사람으로 하여금 해탈하게 할 수 있지만 그 해탈은 일시적인 것에 불과하다. 이런 의미에서 보면 외적 수행을 통해 인간의 고통을 철저히 해결할 수 없다. 그러나 외적 수행은 해탈에 이르는 데 가장 기본적인 구도 방법이기도 하다. 인간은 외적 수행을 추구하는 과정에서 다른 구도 방법도 발견할 수 있기 때문이다. 이 장에서는 바로 이러한 측면에서 출발하여, 이향을 통한 고통 극복의 시도, 구도 여정을 통한 이상 찾기, 귀향을 통한 구도 실천 세 가지로 나눠서 김동리와 선충원의 소설에 나타난 해탈을 위한 외적 수행의 추구를 살펴보겠다.

1. 이향(離鄕)을 통한 고통 극복의 시도

1) 실연의 고통으로부터의 도피

김동리의 소설 「불화」에서 주인공 재호는 17살 때쯤 같은 동네에 사는 소녀와 사랑에 빠졌다. 그러나 양쪽 가문의 반목으로 인하여 재호와 소녀는 결혼하기는커녕, 만나지도 못하는 상황이 되었다. 결국 소녀는 "감금이 되고", 재호도 "물 마른 땅의 송사리처럼 파닥거리다 못해 그림을 그리기 시작"했다. 그리고 그림에 열중한 재호는 결국 동경으로 건너가 미술의 길로 계속 가게 되었다. 이러한 내용에 의하면 재호가 고향을 떠나는 데에 두 가지 중요한 이유가 있는 것을 알 수 있다. 즉 재호의 실연과 그의 그림에 대한 열중이다. 그 중 후자는 재호의 "한군데 아주 마음을 잘 쏟아 버리는 성질"로 비롯되기도 하지만 그 근본적인 원인은 전자의 소녀를 잃은 슬픔에 있다. 왜냐하면 재호가 그림에 열중하게 된 것은 그림을 좋아하는 것보다 소녀를 얻지 못한 고통을 그림이라는 수단을 통해 극복하려는 데에 있기 때문이다. 다시 말하자면 재호가 고향을 떠나게 되는 것은 실연으로 인한 고통이 그 기본적인 원인이다. 이러한 고통은 상대방을 가지려는 욕망에서 비롯된다고 할 수 있다.

> 엊그제 밤 꿈에는 십 년 전의 그 소녀가 마치 생시와 같이 똑똑한 얼굴로 나타나 뵈었다. (중략)…소녀는 트렁크 들었던 손을 놓고, 길바닥에 서서 웃으며, 재호의 얼굴을 바라보았다. 맨 처음 얼굴이 왜 그렇게 희어졌느냐고 하였다. 시험 공부 하느라고 햇볕을 통히 못 본 것 아니냐고 하였다. 그리고 서울은 아직도 그렇게 날씨가 추우냐, 무슨 예과 시험을 보느냐, 하며 그 희고 가지런한 이로 웃어 보일 때 재호는 너무도 가슴이 답답하여 꿈을 깨고 말았던 것이다.[64]

위 인용문은 재호가 26살 때, 즉 그가 고향을 떠난 지 4년이 되는 어느 날 소녀의 꿈을 꾸었다는 내용이다. 십년이 지났음에도 불구하고 재호가 아직 소녀의 얼굴을 '똑똑히' 기억할 수 있다는 것과 소녀의 웃음이 아직도 재호의 마음을 '답답하게' 할 수 있다는 것이 재호의 실제적 감정을 토로한다. 즉 재호에게 있어서 소녀를 잃은 슬픔은 그에게 큰 타격을 준 고통일 수밖에 없는 것이다. 그림에 열중하고, 고향을 떠나고, 실연한 지 십 년이 지나도 그는 이 고통에서 벗어나지 못하고 있다. 여기서 그림이

---

[64] 김동리, 「불화」, 『김동리문학전집 13 등신불』, 계간문예, 2013, 268쪽.

나 이향은 재호의 실연으로 인한 고통을 도피하거나 극복하려는 수단으로 볼 수 있다. 왜냐하면, 그림에 열중하게 된 것이나 이향은 본래의 욕망을 충족시키지 못해 결국 피한다는 의미가 담겨 있는 동시에, 새로운 욕망에 대한 충족을 통해 본래의 욕망을 대체하려는 뜻이 있기 때문이다. 즉 그림이나 이향은 모두 외적 수행의 추구로 욕망을 도피하거나 충족시키는 방식을 통해 고통을 극복하는 시도 방법으로 볼 수 있다. 물론 앞에서 언급했듯이 재호가 그림을 그리게 된 것과 이향을 하게 된 출발점은 모두 고통에서 도피하는 데에 있다. 즉 재호의 그림이나 이향의 수단은 결국 도피를 통해 고통을 극복하려던 것이었다. 그러나 문제는 이들은 고통을 제거할 수 있는 유효한 방법이 아니라는 점이다. 마음에서 우러난 사랑의 고통은 재호에게 그대로 존재하기 때문이다. 이것을 통해서 욕망을 도피하거나 충족시키는 것은 궁극적인 해탈에 이를 수 있다는 방법이 아니라는 것을 보여준다.

한편, 재호는 그림을 배우러 고향을 떠난 후 동경에 갔다가 한국의 절로 오게 되었다. 즉 이향을 통해서 해결하지 못한 고통을 불교의 절을 통해서 그 답을 찾고자 하는 것이다. 여기서 불교의 절은 또한 외적인 것이지만 일반적인 외부의 공간과 달리, 종교의 신비주의 색채를 띤 공간이기도 하다. 인간은 현실적 차원에서 욕망을 충족시킬 수 있는 외적 수행을 추구하는 동시에, 그 추구가 실패할 때 종교의 신비주의에 기대는 경향이 있다. 종교의 신비주의는 흔히 현실로 설명하기 어려운 것들이 많다. 그러나 그것들에 의해서라도 현실의 고통을 극복하고자 하는 것은 인간의 해탈 지향성이 강하다는 것을 보여준다.

실연으로 인한 고통과 이향을 비롯한 외적 수행의 추구를 통한 고통 극복 시도는 김동리의 소설에서 흔히 볼 수 있는 서사구조이다. 「미륵랑 (彌勒郞)」에서 박구지가 사랑하는 여인 새달과 혼인하지 못해서 결국 집을 떠나 서울로 가는 대목은 그 대표적인 것이라 할 수 있다. 이 소설에서 박구지는 새달을 사랑하나 신분 차이 때문에 가족의 반대로 결혼하지 못하게 되어 있다. 상대방을 얻지 못한 욕망으로 인한 고통은 「불화」의 재호와 같다. 그러나 재호의 수동적인 당함보다 박구지의 고통은 그의 충효를 지키려는 욕망에서 비롯되기도 한다. 충효를 지키려면 나라와 부모의 뜻을 따라 그의 신분과 같은 진골(眞骨)을 찾아 결혼을 해야 한다. 그러나 진골 신분이 아닌 새달은 박구지가 진정으로 사랑하는 대상이다. 이러한 충효와 사랑 간의 욕망의 충돌은 박구지로 하여금 고통에 빠지게 한다. 그의 이향은 또한 재호와 같이 욕망을 충족시키지 못한 도피의 극복 수단으로 나오고 있다. 그러나 여기서 주목할 만한 점이 있다. 즉 재호와 달리, 박구지의 이향은 그 본인의 뜻이 아니라 어머니의 말에 따르는 것이었다. 어머니의 "멀리 떠나가 있는 것이 나으리라"는 생각 때문에 박구지가 거절하고 싶어도 결국 복종한 것이었다. 그러나 충효 때문에 이향을 간 것으로 보이지만 실제로 고향에 있어서의 고통은 이미 박구지가 극복하지 못한 것으로 되어 있다. 한편, 박구지에게 있어서도 이향은 더 "나으리라"는 생각에서 한 것일 수 있다. 이는 서울로 가게 된 후 박구지의 "새달을 잊고 무예에만 마음을 쏟으려고 노력을 다해 보았습니다."라는 말을 통해서도 짐작할 수 있다. 즉 박구지도 실연의 고통에서 벗어나려던 것이었다. 여기서의 "무예"는 재호의 '그림'과 같이, 고통을 극복하는 데에 중요한 역할을 하고 있다. 즉 박구지 또한 재호와 같이 외적 수행의 추구를 통해 마음속의 고통을 제거하고자 한다. 그러나 이향 전에 박구지가 짐작했던 것과 같이, "저는 어디로 가든지 새달을 잊지 못할 것 같습니다." 박구지가 서울로 가게 된 후에도, 무예에만 집중하여도 새달을 "아무리 잊으려고 해도 잊어질 수가 없었습니다." 즉 이향을 비롯한 고통 극복 시도는 이 소설에서도 실패하고 말았다. 그리고 박구지는 서울에 멈췄지만 역시 불교에 귀의한 인물로 등장하고 있다. 여기서 불교의 절이라는 외부 공간이 나오지는 않았지만, 불교라는 초월 세계에 대한 추구 역시 외적 수행의 추구로 볼 수 있다. 즉 「불화」의 재호와 같이 박구지 또한 현세에서 해결하지 못한 고통을 종교적 힘에 의한 해결에 기대고 있다.

2) 이상 추구로서의 이향

현실에 대한 불만족으로 인해 고향을 떠나는 것은 선충원의 소설 「톺아보기」에도 드러난다. 그러나 김동리 소설에 나온 주인공들과 달리 「톺아보기」의 주인공 청년은 아주 완벽한 삶을 살고 있다.[65] 절세의 외모, 젊은 나이, 부유한 가세, 아름다운 혼인 등은 청년에게 있어서 이미 모든 욕망이 충족된 상태를 보여준다. 그러나 그럼에도 불구하고 소설에서 이러한 현실의 이상적 상태는 새로운 욕망에 의해서 파괴되기도 한다.

---

[65] 소설에서 특히 이 부분의 내용을 '금상(金像)'과 '은상(銀像)'의 설화를 통해 드러내고 있다. 이 설화는 『법원주림』 제10권 천불편 납비부 구혼부(千佛篇 納妃部 求婚部)와 『법원주림』 제75권 십악편 사음부 간위부(十惡篇 邪淫部 奸僞部)에서 그 근거를 찾을 수 있다. 그러나 불경에서 보살이나 불도를 향한 마음보다 소설에서 이 설화를 통해 현세의 완벽한 삶, 즉 인간으로서의 가장 이상적인 상태를 더 강조하고 있다.
도세법사(道世法師) 편, 『法苑珠林』 1, 譯經委員會 역, 東國譯經院, 1992, 352쪽.
도세법사(道世法師) 편, 『法苑珠林』 4, 譯經委員會 역, 東國譯經院, 1992, 448쪽.

이 세 가지 물건은 청년의 무수한 환상을 일으켰다. 청년은 이 세상에 이러한 나라도 있다는 것을 알게 된 후에, 모든 일상생활은 더 이상 그의 관심을 불러일으키지 못하게 되었다. 그는 이전처럼 행복하지도 않았다. 그는 무엇인가 부족하다는 것을 느꼈다. 이 일 때문에 그의 성격까지도 변했다.

얼마 지나지 않아, 청년은 자신의 욕망을 충족시키기 위해, 혼자서 슬며시 집을 떠났다. 그리고 그 세 가지 물건을 가지고 그 이상한 곳으로 향하러 갔다. (필자 역, 이하 모두 같음)[66]

인용문에 나온 "세 가지 물건"은 바람에 연달아 날아온 하얀 담요, 아홉 색으로 되어 있는 금꽃술을 가진 꽃, 주적국을 기록한 책이다.[67] 바로 이 세 가지 물건은 청년에게 "무수한 환상", 즉 새로운 욕망을 일으킨 것이다. 이 새로운 욕망을 추구하기 전에 청년은 "모든 일상생활은 더 이상 그의 관심을 불러일으키지 못하"고 "이전처럼 행복하지도 않"게 되었다. 이 "부족"함은 욕망을 충족시키지 못한 데서 비롯된다. 그리고 바로 이러한 욕망의 충족 못함은 구부득고(求不得苦)란 고통을 일으키고 행복을 파괴한 것이다. 이는 상기한 김동리의 소설과 같은 면이라고 할 수 있다.

소설에서 밝혔듯이, 청년의 이향(離鄕)은 "자신의 욕망을 충족시키기

---

66 沈從文,「尋覓」,『沈從文小說全集 卷八: 月下小景·如蕤』, 앞의 책, 52쪽. "這三樣東西,引起了年青人無數幻想.那年青人自從明白地面上還有一個這樣國家後, 一切日常生活便不大能引起他的興味, 日子再也過得不是幸福日子了.他總覺得還缺少些東西,他爲這件事把性格也改變了不少爲了要求滿足自己的欲望, 過不久, 這年青人就獨自悄悄的離開了家中一切, 攜帶了那三件東西, 向那個古怪地方走去了."

67 이는 불경인「수제가경(樹提伽經)」을 패러디하여 창작된 대목이다.「수제가경」에 의하면 왕이 연달아 하얀 손수건과 아홉색의 금화를 얻게 되는데 하늘에서 하사한 것인 줄 알았다. 그러나 알고 보니 그것들이 전부 부자인 수제가집의 것이다. 수제가는 전생에서 좋은 일을 많이 해서 이번 생에 좋은 과보를 얻은 것이다. 원전에서 강조하는 인과응보를 소설에 들여와서 새로운 욕망으로 활용하였다.

위해서"이다. 새로운 욕망에 대한 충족을 통해 고통을 극복하는 것은 김동리 소설에 나타난 이향과 같은 면이 있다. 그리고 이러한 새로운 욕망 또한 외적 수행의 추구에 의해 이루어지고 있다. 그러나 김동리 소설에 나온 이향을 통해 고통을 피하려는 소극적인 의미보다 이 소설은 이상적인 세계를 추구하는 뜻이 담겨 있어 보다 더 적극적이라고 할 수 있다. 그럼에도 불구하고 「톺아보기」의 후반부를 보면 청년의 이향 또한 김동리 소설에 나온 이향처럼 실패로 끝났다. 따라서 외적 수행의 추구는 오직 사람이 고통을 직면할 때의 하나의 수단일 뿐 궁극적으로 고통을 해결하는 방법이 못 된다는 것이다. 그리고 김동리 소설에 나온 주인공과 달리, 청년은 불교에 기대지 않고 오직 현실에서만 욕망을 충족시키는 방법을 찾고 있다. 불교의 여러 가지 설화를 바탕으로 창작[68]한 이 소설은 결국 불교의 요소를 되도록 삭제하고 인간의 노력하는 모습만 보여주고 있다. 이는 '오사운동(五四運動)'을 겪은 후, 중국 사람들의 '사람'을 더 중시하는 사상과 부합한다. 그리고 인간의 힘으로 고통을 제거하고 해탈에 이르는 모습은 가장 아름다울 수 있다. 이는 선충원의 아름다움을 통해 인간성을 선양하는 미학적 주장을 잘 드러내기도 한다.

한편, 이향을 비롯한 외적 수행의 추구를 통해 구도를 이루려는 것은 선충원의 소설 「여인(女人)」에서도 찾을 수 있다. 이 소설은 『법원주림』 제75권의 「십악편 · 사음부 · 간위부(十惡篇 · 邪淫部 · 奸僞部)」에 기록한 불경 이야기[69]를 바탕으로 개작한 것이다. 소설은 불경 이야기에서 나온 금상

---

68 「톺아보기」는 불경인 『장아함경(長阿含經)』, 『수제가경(樹提伽經)』, 『기세경(起世經)』에 나온 이야기를 바탕으로 창작된 소설이다.

69 도세법사(道世法師) 편, 『法苑珠林』 4, 앞의 책, 448-449쪽.

(金像) 이야기, 왕과 청년의 아내가 각각 다른 남자와 간통하는 내용, 그리고 왕과 청년이 이것으로 인해 깨달음을 얻게 되는 내용을 그대로 유지하였다. 그러나 그들의 깨달음의 내용에 관해서 소설은 원전과 다르게 나오고 있다.

불경 이야기에 나온 "여자란 가까이할 것이 아니다."라는 계시보다 소설의 왕과 청년은 "여자가 존경받는 진정한 이유"를 생각하고 있다. 소설에 왕과 청년도 완벽한 인물로 등장하고 있다. 그러나 그럼에도 불구하고 그들의 아내는 모두 다른 남자와 간통하고 있다. 이는 왕과 청년에게 큰 충격을 주지 않을 수 없다. 완벽함으로 인간의 욕망을 마음대로 누릴 수 있다는 자부심과 아내의 외도 행위 사이에 충돌이 발생했기 때문이다. 이를 통해 욕망을 모두 충족시키지 못한다는 것과 완벽한 인간도 뜻대로 안 되는 외부의 제한으로 고통을 받는다는 것을 알 수 있다. 그러나 사람을 더 이상 믿지 않겠다는 결론보다 왕과 청년은 "여자가 존경받는 진정한 이유"를 찾고자 한다. 성욕은 인간의 욕망에서 중요한 자리를 차지한다. 인간이 늘 아름다운 성적 대상을 추구하는 것도 여기서 비롯된다. 그러나 사람의 동경과 현실 사이에는 거리가 있다. 즉 이상에 있는 아름다워야 하는 것이 현실에서 아름답지 않게 되어 있을 때 사람은 흔히 그 이유를 알고 싶어 한다. 따라서 왕과 청년은 개인의 고통보다 고통을 일으킨 원인에 주목하게 된다는 것이다. 소설의 왕과 청년이 모든 것을 버리고 이향을 한 것 또한 이 고통의 원인을 밝히기 위해서이다. 이때 고통의 원인을 밝히는 것은 왕과 청년의 이상이라 할 수 있다.

선충원의 소설 「애욕」에서도 이러한 이향을 통한 고통 극복의 시도가 보인다.[70] 소설 내용에 의하면 주인공들이 사는 곳은 충족한 지식을 빼고는 모든 것을 다 충분히 누릴 수 있는 곳이다. 그러나 그럼에도 불구하고 여기의 사람은 "지루하고 불쌍하다."는 것이다. 쇼펜하우어의 말에 의하면, "너무 쉽게 충족되어 의욕이 곧장 소멸되면서 의욕의 대상이 부족하게 되면" 사람은 흔히 "무서운 공허와 지루함에 빠지게 된다."[71] 즉 욕망을 충족시키지 못할 때뿐만 아니라, 욕망을 잠시 충족시키고 새로운 욕망이 안 나타날 때도 사람은 해탈에 이르지 못하는 것이다. 여기서 "지루하고 불쌍하다."는 것은 바로 고통을 대변하는 말이다. 한편, 젊은이들은 이러한 고통에서 벗어나기 위해 우선 혁명을 일으켰다. 그러나 혁명에는 살육(殺戮)도 함께 있다. 다른 나라가 좋은데 오직 이 나라가 "혼란스럽고" "게으른 미개"의 곳이라는 비교에서 사람들은 더 고통스러워진다. 이러한 고통에 대응하기 위해 이향의 방법이 나오게 된다. 두 젊은 형제는 그들의 아내를 데리고 서양의 나라를 향하여 간다. 그 목적은 "이 지구의 다른 곳에서 더 많은 지혜와 경험을 얻어 나라에 이바지한다."는데에 두었다. 여기서 서양의 나라는 상기 「톺아보기」의 주적국과 같이 이상향으로 이해할 수 있다. 즉 이 소설의 주인공도 이상향에 대한 추구를 통해 그들의 고통을 극복하려던 것이다. 특히 "많은 지혜와 경험"은 그들의 충족되지 못한 욕망인 "충족한 지식이 없는 것"과 대응하고 있다. 즉 이 소설에도 외적 수행의 추구를 통해 욕망을 충족시키려는 것으로 나와 있다. 그러나 그들의 힘든 이향은 역시 실패하고 말았다. 이는 외적 수행

---

70 이 소설은 모두 세 편의 이야기로 구성되어 있지만 이향과 관련된 것은 첫째 이야기에서 잘 나타나고 있다.

71 아르투어 쇼펜하우어, 『의지와 표상으로서의 세계』, 홍성광 역, 을유문화사, 2013, 517쪽.

을 통한 욕망 채우기의 해탈 방법의 실패를 보여준다.

상기한 바에 의하면 실연으로 인한 고통이 사람으로 하여금 고향을 떠나게 한 내부적 계기라면 이상에 대한 추구는 사람으로 하여금 고향을 떠나게 한 외부적 계기라 할 수 있다. 그리고 이향에도 김동리 소설에 나타난 도피에 의한 수동적인 이향과 선충원 소설에 나타난 이상향을 추구하거나 고통을 원인을 찾아내려는 능동적인 이향이 있다. 고향을 떠나는 것이 해탈을 위한 외적 수행의 추구로 볼 수 있다는 점에서 김동리와 선충원의 소설은 같다. 그리고 이러한 외적 수행의 추구는 욕망을 충족시키지 못해 도피하는 수단이나 새로운 욕망을 충족시키기 위한 방법으로 되어 있다. 그리고 김동리는 이향을 통한 고통 극복의 시도에서 항상 현세와 불교 두 가지 측면을 동시에 주목하는 반면에, 선충원은 오직 현세에만 초점을 맞추고 있다. 그러나 이러한 이향을 통한 고통 극복의 시도는 모두 실패하고 말았다. 즉 욕망을 충족시키는 식으로 해탈에 이르려는 이향은 고통을 근본적으로 제거하지 못한다는 것이다. 그 원인은 끊임없는 욕망에서 찾을 수 있다. 그러면 외적 수행의 추구는 과연 아무 의미도 없는 것일까? 이는 다음 절에서 살펴보도록 하겠다.

2. 구도의 여정을 통한 이상 찾기

1) 유랑하는 도정에서의 개인의 이상 및 실천 방법의 발견

「불화」의 주인공 재호는 동경에 머무르는 것이 아니라 다시 한국으로 되돌아온다. 그리고 한국에 있는 절들을 계속 돌아다닌다. 그의 목적은 "솔거(率居)의 유적을 찾"는 것이다. 이에 의하면 이 소설에서 솔거는 재호의 이상으로 적용되고 있다는 것을 알 수 있다. 솔거는 신라 진흥왕 때의 유명한 화가였다. 『삼국사기』에 있는 솔거에 관한 기록[72]에 의하면 솔거의 그림은 입신의 경지에 이른다. 그러나 솔거는 그냥 그림을 그리는 장인이 아니라 "불교의 모든 중생에 대한 자비의 정신을 그림이라는 예술로 승화시킨 작가"[73]이다. 즉 솔거는 그림과 불교 정신을 융합시키는 작가인 것이다. 재호가 솔거를 찾기 시작했을 때 "그림에서 이미 연애에 못지않은 또 하나 다른 황홀한 세계를 발견하고, 거기 잠길 수 있었다." 고 밝힌 바가 있다. 이 '황홀한 세계'는 어떤 정신적인 세계를 가리키고 있다. 솔거와 연관 지을 때 그 정신은 불교의 정신일 것이다. 이에 따르면 '솔거의 유적'을 찾는 것은 그림이라는 예술을 통해서 불도(佛道)[74]를 추구하는 일종의 구도 과정으로 볼 수 있다. 그리고 이를 통해 모종의 구

---

72 김부식, 『新譯三國史記②』, 최호 역, 홍신문화사, 1994, 419쪽. "솔거는 신라 사람으로 가난하고 벼슬이 없는 집안에서 태어났으므로 그 족계(族系)의 기록이 없는데 태어나서부터 그림을 잘 그렸다. 일찍이 황룡사 벽에 노송(老松)을 그렸는데 줄기가 비늘처럼 주름지고 가지·잎이 꾸불꾸불하여 까마귀·솔개·제비·참새들이 바라보고 왕왕 날아들어 어정거리다가 떨어지곤 하였다. 해가 묵어 퇴색하자 절의 승려가 단청(丹靑)으로 개칠하였는데 까마귀 참새가 다시 오지 않았다. 또 경주 분황사의 관음보살, 진주 단속사의 유마상(維摩像)이 모두 그의 필적이다. 세상에서 신화(神畫)로 전해진다."

73 김동석, 앞의 논문, 63쪽.

74 불교대사전에서 불도의 개념을 다음과 같이 규정하고 있다. "(1) 범어(梵語)로 보제(菩提), 신역(新譯)은 각(覺). 구역(舊譯)은 도(道)라 하며 道는 통(通)한다는 뜻. 불지(佛智)는 원통무옹(圓通無壅)하므로 도(道)라 이름함. 도(道)에 삼종(三種)이 있는데 ①은 성문(聲聞)의 소득(所得)이며 ②는 연각(緣覺)의 소득(所得)이며 ③은 불(佛)의 소득(所得)이다. 지금 불(佛)이 얻은 무상보제(無上菩提)가 되므로 불도(佛道)라 함. (2) 인행명도(因行名道). 불도(佛道)는 불(佛)의 만행(萬行)에 이르는 것." 한국불교대사전 편찬위원회 편, 『(韓國)佛敎大辭典』 2, 寶蓮閣, 1982, 765쪽.

원이 가능하리라는 판단이 재호를 사로잡고 있던 것이다.[75]

재호가 구원을 받고 싶은 가장 직접적인 이유는 고통을 극복하려는 데에 있다. 앞에서도 언급했지만 이 고통은 우선 실연에서 비롯된다. 비록 재호가 그림과 이향을 통해서 이러한 실연의 고통을 극복하려고 노력했지만 실연으로 인한 고통은 여전히 그에게 "이미 처리하기 거북한 가슴의 상처"가 되고 있다. 그러나 재호의 고통은 실연으로 인한 개인적인 고통에 그치지 않는다. 그의 꿈에 등장한 어머니와 상여 등을 통해서도 이를 알 수 있다.

　　상여 나가는 소리가 난다.

　　어어훠엉…… 어어훠엉.

　　어어훠엉…… 어어훠엉.

　　바람결에 아련히 끊어졌다 이었다 하며 상여 소리는 높게 처량하게 들려온다.

　　"어머니…… 어머니."

　　"……"

　　어머니는 대답을 하지 않는다. 어머니는 귀가 먹은 게다. 문득 상여 소리가 그친다. 상여를 쉬고 술을 먹으려는가 보다.

　　"예수교인도 공동묘지로 가나?"

　　어머니는 발칵 성이 난 목소리다. 낯은 조금도 돌리지 않는다. 크고 억센 손으로 키의 팥을 만지고 있다. 저래봬도 저이도 한땐 여간 독실한 예수교인이 아니었다.

---

75 홍기돈, 『김동리 연구』, 소명출판, 2010, 106쪽.

II. 해탈을 위한 외적 수행의 추구

"어머니…… 어머니."

"……"

어머니는 고개도 까딱하지 않는다.

(중략)…

아련히 목메인 상여 소리는 바람결에 높았다 낮았다 하며 어느덧 물을 건너고 모래펄을 지나서 산기슭을 오르고 있다. 상여를 따라가던 혜룡선사(惠龍禪師)가 뒤를 돌아다보며 그를 부른다. 그는 문득 어머니의 얼굴이, 눈이 저 상여 속에 들어서 산기슭으로 오르고 있는 것이 답답해서, 내일도 모레도 글피도…… 영영 가버리고 까맣게 없을 것이 아득해서, 어이 할까, 아엉엉……엉엉엉…… 아련히 목메인 상여 소리는 아직도 오색 무지개가 하늘거리고 있는 공동묘지로 향해 오르고 있었다.[76]

꿈에서 재호의 부름에 어머니는 아무 대답도 반응도 없다. 꿈에서의 어머니가 '귀가 먹'고 낯도 돌리지 않았기 때문이다. '귀가 먹'은 것은 나이가 들어서 쉽게 발생할 수 있는 현상이다. 소설에 나온 "연만하신 부모"는 바로 이를 입증한다. 그리고 재호는 고향을 떠난 지 4년이 되었는데 단 한 번도 집에 돌아가 본 적이 없다. 물론 재호의 실연은 어머니를 비롯한 가족들의 반대로 인한 결과이기도 하지만 "독신으로 객지로만 돌아다니는" 재호와 고향에 있는 부모와의 '생이별'은 또한 하나의 고통일 수밖에 없다. 한편, 상여는 항상 죽음을 상징한다. 꿈의 마지막 부분에 나온 "목메인 상여 소리는" "공동묘지로 향해 오르고 있"다는 내용을 통해 이를 더 확증할 수 있다. 꿈에서 어머니가 하는 유일한 행동은 성이

---

[76] 김동리, 「불화」, 『김동리문학전집13 등신불』, 앞의 책, 266-267쪽.

난 목소리로 "예수교인도 공동묘지로 가나?"라고 묻는 것이다. 하나님을 독실하게 믿는 예수교인이 죽을 때도 일반인과 마찬가지로 공동묘지로 가는 것은 사람이라면 누구라도 죽음을 피할 수 없다는 것을 보여준다. 상기 언급한 '얻지 못한 것(실연)', '늙음(연만)', '생이별', '죽음' 등은 인간으로서 피할 수 없는 고통들이다. 이에 따르면 재호에게 있는 고통은 그의 개인만의 고통이 아니라 인간으로서 겪어야 하는 보편적인 고통이다. 즉 재호가 외적 수행의 추구 과정에서 고통은 한 개인만의 것이 아니라 인생의 본질이라는 것을 깨닫게 되었다는 것이다. 이런 의미에서 보면 재호가 솔거의 유적을 찾는 것도 그의 개인적인 고통뿐만 아니라 인간으로서의 보편적인 고통에서 벗어나려는 방법을 찾고 있는 것이다.

재호가 다닌 여러 절 중에서 솔거의 유적과 관련된 절로 '향일암(向日庵)', '불이암(不二庵)', '무우암(無憂庵)'을 들 수 있다. 우선, 향일암을 살펴보자.

향일암(向日庵)의 불상(佛像)은 소년 말처럼 과연 음전하고 거룩하게 생각되었으나 본시 조상보다 그림에 더 관심을 가진 그에게는 불상보다도 그곳의 나한도(羅漢圖)에 더 마음이 끌리곤 하였다. 큰채 앞 툇마루를 돌아 뒤채 마루로 건너 들어서자, 사철 햇빛을 모르는 음울한 벽에 십육 나한의 새하얀 머리들이 해골바가지들처럼 오글오글하고 있음을 보았을 때, 저 어느 영겁으로부터 내려오는 고달픈 촉수(觸手)가 그의 온 심장을 쓸어쥐는 듯하였다.[77]

---

77 위의 책, 272쪽.

향일암에서 재호는 '나한도(羅漢圖)'에 마음이 끌렸다. 나한은 우선 인간의 모습을 하고 있다. 나한은 '자각(自覺)'[78]을 통해 모든 집착을 버리고 생사(生死)를 초월한 존재이다. 이에 따르면 재호가 '나한'을 주목하는 것은 그가 한 인간으로서 집착으로부터 비롯된 고통을 버리려는 의도를 보여주고 있다. 향일암의 '나한도'는 "사철 햇빛을 모르는 음울한 벽에" 그려져 있고 "나한의 새하얀 머리들이 해골바가지들처럼 오글오글하고 있"다. 여기서 '음울'이나 '해골바가지' 등의 표현은 모두 고통을 가리키고 있다. 고통이 인생의 본질이라면 재호가 '나한'을 주목하는 것은 구도하는 인간 자체를 주목하는 것이다. 한편, 이러한 '나한'을 보고 있는 재호는 "저 어느 영겁으로부터 내려오는 고달픈 촉수(觸手)가 그의 온 심장을 쓸어쥐는 듯하다."는 느낌을 받는다. 집착이 없는 '나한'을 추구한 재호가 오히려 커다란 고통을 느끼게 된 이유는 '나한'의 '자각(自覺)'에 있다고 본다. 즉 '나한'은 혼자서 집착을 초월할 수 있지만 중생은 고통을 초월할 수 없다.

불이암의 분위기는 향일암과 유사한 면이 있다. 황폐한 암자, '헐리고 퇴락된' 화면 등이 그것이다. 그러나 이러한 광경은 재호로 하여금 "그의 거처를 이리로 옮겨 왔으면 하는 생각까지 들"게 한다. 그만큼 불이암은 재호와 잘 어울리는 부분이 있다. 재호는 불이암에서도 나한을 보게 된다. 향일암의 "아무런 얼굴의 특징도 찾아볼 길이 없"는 나한과 정반대로 불이암의 것은 "너무 형용 구별과 개성적 특징에 유의"한다. 이는 '제사

---

[78] 삼각(三覺)의 하나. 부처님 자리(自利)의 덕(德). 스스로 깨달아 증득(證得)하여 알지 못함이 없는 것. 또 각지(覺地)에 대하여 중생(衆生)이 자신(自身)의 미(迷)함을 도리켜서 깨닫는 것. 한국불교대사전 편찬위원회 편, 『(韓國)佛教大辭典』 5, 寶蓮閣, 1982, 674쪽.

존자(第四尊者) 소빈타(蘇頻陀)'의 형상을 통해서 알 수 있다.

　　제사존자(第四尊者) 소빈타(蘇頻陀)의, 날개처럼 그려 내린 새하얀 눈썹
과 상투처럼 머리 위에 솟아 오른 육계(肉髻)와 북같이 생긴 둥그런 배에 혹
처럼 튀어나온 배꼽과 이러한 생리상의 기형적 발달이 그의 얼굴 표정과 꼭
어울리어 조금도 부자연한 느낌을 주지 않는 것은 소빈타의 도력(道力)이나
도심(道心)에 조화시킨 때문이 아닌가고도 그에게는 생각되는 것이었다. 중
생으로서의 인간이 불(佛)을 향해 화(化)해 가고 있는 과정, 부처와 인간 사
이의 어떤 중간적인 동물로서, 올챙이가 개구리 사이의 어떤 중간적인 동물
로서, 올챙이가 개구리로 변하려 할 즈음 올챙이의 몸에 네 발이 뾰족뾰족
나기 시작했을 때와 같은 그러한 내적 변화에 따른 외적 변형이리라 하였다.
먼저 향일암에서 본 소빈타의 얼굴에는 이러한 도심의 발로같은 것이 포착되
어 있지 않았으며, 그만큼 그의 긴 눈썹과 육계들의 특수한 발달이 조금도
어울리지 않고 부자연스럽기만 했었다.[79]

　위 인용문에 의하면 향일암의 "부자연스럽기만" 한 소빈타가 불이암에
와서 "조금도 부자연한 느낌을 주지 않"게 된다. 그 기준은 소빈타의 '도
심의 발로같은 것'의 포착 여부에 있다. 그리고 이 포착은 소빈타의 '기형
적 발달'의 변화가 잘 표현되어 있는지에 달려 있다. 이 '기형적 발달'은
그저 이상한 '외적 변형'이 아니라 '인간이 불을 향해 화해 가고 있는 과
정'에 나타난 '내적 변화에 따른 외적 변형'이다. 비록 향일암과 같이 재
호가 불이암에서도 역시 '나한'을 보고 있지만 불이암에서는 불을 향해

79 김동리, 「불화」, 『김동리문학전집13 등신불』, 앞의 책, 273쪽.

가는 '나한'의 변화하는 모습에 주목하고 있다. '자각(自覺)'에 이른 나한보다 부처는 '자각(自覺)', '각타(覺他)'[80], '각행[81]원만(覺行圓滿)'을 이룬 존재이다. '나한'으로부터 '불'로 가는 것은 '자각' 이외의 '각타', '각행'도 한다는 것을 의미한다. 불이암의 '나한'이 '자각'에서 원만함으로 가는 과정에 처해 있듯이 재호가 추구하는 구도의 방법이 더 넓어졌다는 것을 보여준다.

향일암, 불이암의 음울하고 어두운 분위기와 달리 무우암에서의 그림은 제일 오래된 것이지만 "그다지 헐리지도 않았고 곰팡이도 나지 않"았다. 그리고 이는 재호의 "마음을 즐겁게 해주었다."

> 어느 날은 무우암(無憂庵)에서 해를 지워 버렸다. 아미타불은 역시 무우암의 것이 제일 그의 마음에 드는 편인 모양이었다. 색조로나 필법으로나 이 산중에서는 제일 오래된 것이라는데 아직 화면이 그다지 헐리지도 않았고 곰팡이도 나지 않은 것이 어딘지 그의 마음을 즐겁게 해주었다. 그림을 그리려다 말고 솔잎도 먹지 말고 참선을 해보려 애쓰지도 말기로 하고, 이대로 흐렁흐렁 아미타불이나 바라보며 이렁저렁 어떻게 간단히 늙어질 수 있는 게 아닐까 하는 생각도 가끔 들곤 하였다.[82]

이에 의하면 재호로 하여금 "마음을 즐겁게" 하는 이유는 그림이 잘 보존되었다는 것도 있지만 무엇보다 그림의 대상인 '아미타불'에 있다.

---

80 스스로를 깨닫고 또 법(法)을 설(說)하여 다른 사람을 개오(開悟)시켜 생사(生死)의 괴로움을 여의게 하는 것. 한국불교대사전 편찬위원회 편, 『(韓國)佛教大辭典』 1, 앞의 책, 63-64쪽.

81 자각·각타(自覺·覺他)하는 행법(行法). 불·보살(佛·菩薩)의 행(行). 위의 책, 64쪽.

82 김동리, 「불화」, 『김동리문학전집13 등신불』, 앞의 책, 274쪽.

무우암에서 재호가 제일 마음에 드는 형상, 또한 그의 마음을 '편하게' 하는 형상은 아미타불이기 때문이다. 앞에서도 언급했듯이 아미타불은 부처로서 최대한의 원만함을 상징한다. 그리고 '나한'의 개인적인 초탈보다 중생을 구제할 수 있는 존재이다. 여기서 재호가 주목하는 그림 대상의 '나한 → 불을 향해 가는 변형의 나한 → 부처'로 변화하는 과정은 재호의 심리 변화를 보여주는 동시에 그가 찾는 이상을 엿볼 수 있게 한다. 즉 개인의 고통에서 벗어남으로부터 시작하여 중생의 구원으로 상승해 가는 이상인 것이다. 이러한 변화 과정을 통해서 재호는 마음의 평화를 찾게 된다. 마음의 평화 상태는 인간으로서 늘 추구하는 것이다. 비록 사람마다 마음의 평화란 것이 다르겠으나 사람에게 있어서 그것이 '해탈의 경지'인 것은 틀림없다. 평화의 상태는 고통이 없는 만족의 상태를 뜻하기도 하기 때문이다. 다시 말하자면 재호가 추구하는 이상은 내심적 평화이다. 그리고 이 평화는 개인의 차원이 아니라 중생 구원의 높은 차원에 있다.

부처가 되는 것은 가장 이상적인 상태이지만 실제로 인간의 삶을 살아가면서 실현하기 어려운 작업이다. 따라서 이상을 실현하려면 실제로 실행 가능한 일부터 시작해야 한다. 재호가 혜룡선사에게 "저는 그저 부처님께 의지함으로써 별 병고는 없이 지냅니다만 저 이외의 사람에게 얼마만한 도움을 줄 수 있을는지 의문이올시다."라고 말한 적이 있다. 여기서 다른 사람에게 '도움'을 주는 것은 바로 실행 가능한 일이다. 그리고 이는 '각타'에 속하기도 한다. '자각'과 '각타'를 동시에 가지고 있는 존재는 부처도 있지만 보살도 있다. 절대적인 부처보다 아직 '망상(妄想)'이 있는 보살은 일반 민중과 더 가깝다고 할 수 있다. 따라서 재호의 시선은 부처에만 머무르지 않고 부처 옆에 있는 보살을 향하게 된다. 그리고 그 중 특히 아무 장식도 없는 지장보살이 재호의 주목을 받는다. 지장보살은 오직 '지옥 중생을 위하여' 산다. '지옥 중생'은 고통을 겪고 있고 구원받아야 할 인간과 유사한 면이 있기 때문이다. 그러나 중생을 구원하는 일은 쉽게 이루어지지 못하기도 한다. 따라서 재호의 시선은 다시 보살에서 "부지중 호미 끝으로 찍어 죽인 그 어느 흙벌레 한 마리의 명복을" 비는 '아난존자'에게 집중되기도 한다. 모든 생명을 아끼고 동정하는 것이 이상을 실현해 가는 한 방법이라고 할 수 있기 때문이다. 재호가 개동이라는 고아를 도와주는 것도 여기에서 비롯된다. 즉 재호는 인생을 더 잘 인식했을 뿐만 아니라 해탈을 위한 출구도 찾게 된 것이다. 이는 바로 외부 공간에서의 추구 과정이 갖는 인간에 대한 현실적 의미라 할 수 있다.

상기한 바에 의하면 재호는 불교에 의거해서 이상을 찾고 있다. 그리고 아미타불, 즉 부처는 인간의 궁극적인 고통을 제거할 수 있다고 믿고 있다. 이는 불교의 초월 세계에 대한 동경이라고 할 수 있다. 그러나 현세적 사람으로서 차마 그것을 이루기가 어렵다. 따라서 재호 또한 보살에게서, 아난존자에게서 인간이 실천할 수 있는 구도 방법을 찾게 된다. 이는 종교의 신비주의와 현실의 사실주의의 결합으로 볼 수 있다. 구도의 이러한 경향은 김동리의 다른 소설에서도 드러나고 있다.

「미륵랑」에서의 남녀 주인공은 모두 불교에 귀의하고 만다. 그러나 두 사람이 불교에 귀의하는 동기는 소설에서 각각 다음과 같이 제시되고 있다.

새달이 승이 된 것은 세상에 살 수 없는 몸이기도 했지만 구지가 있는 서울 가까이 와서 있고 싶었기 때문이기도 했다고 그녀는 말했습니다.

(중략)…

이때부터 그는 속명(俗名) 구지를 버리고 석명(釋名) 진자로 불리우게 된 것이지요.

이와 같이 그가 출가를 하게 된 동기에는 애초부터 다분히 세간적(世間的) 인 것이 있었습니다. 다시 말하자면 이 세상에서 이루지 못한 새달과의 인연 을 다음 세상에 가서 성취하고자 한 것이 그의 출가 동기였던 것입니다. 그러 니만치 그는 출가를 한 뒤에도 세상에 대한 미련과 관심이 끝내 가셔지지 않 고 있었습니다.[83]

우선, 여기서 "세간적(世間的)"이라는 용어가 주목할 만하다. 소설의 여 주인공 새달이 승(僧)이 된 것은 세상 사람에게 용납 못한 원인과 박구지 가 있는 서울과 더 가까이 있고 싶어 하는 세속적인 동기 때문이다. 전자 가 현세에 대한 절망과 초월 세계에 대한 의지를 보여줬다면 후자는 강 한 현실적 의미를 지니고 있다. 그러나 이 현실적인 사랑도 실제로 이루 는 것이 아니라 어떤 정신적인 만족을 통해 이루어진 것이다. 즉 새달에 게 있어 사실주의와 신비주의가 함께 작용하고 있는 것이다. 그리고 이 신비주의는 불교를 통한 정신적인 면을 통해 이루어지고 있어 종교적인 신비주의라고 할 수 있다.

이와 마찬가지로 박구지가 승이 된 것은 그의 "새달과의 인연"을 "성 취하고자 한" 사랑에 대한 바람에서 비롯된다. 이와 관련하여 그의 "세상 에 대한 미련과 관심이 끝내 가셔지지 않"는 것도 초월 세계가 아닌 인간

---

83 김동리, 「彌勒郎」, 『金東里歷史小說』, 智炤林, 1977, 227-229쪽.

세상의 차원에서 출발한 것이다. 이런 측면에서 보면 「미륵랑」에서 불교의 초월 세계보다 현실 세계의 인간에 더 초점을 맞추고 있는 것이 분명하다. 그러나 그럼에도 불구하고 소설에서 "다음 세상"이라는 것도 명확히 제시되어 있다. 박구지는 새달에게 "불도를 믿으면 다음 세상에 가서 자기의 마음대로 태어날 수가 있다지요."라고 한 적이 있다. 즉 박구지가 불교에 귀의한 것은 결국 불교의 윤회사상을 믿고 있기 때문이다. 박구지는 현세에서 이루지 못한 고통의 해결을 '다음 세상'에 기대하고 있다. '다음 세상'이라는 것은 불교 초월 세계의 요소를 포함하고 있다. 즉 박구지는 현세에 초점을 맞추고 있지만 궁극적으로 불교에 기대는 인물이다. 이러한 현세의 사실주의와 불교의 신비주의는 박구지의 구도 과정에서도 그대로 드러나고 있다.

소설 후반부에서는 박구지가 '신라 서울 → 웅천(熊川-公州) 수원사(水原寺) → 천산(千山) → 수원사 → 서울'의 노선을 거쳐 '미륵선화(彌勒仙花)'를 계속 찾아다녔다는 내용을 중점적으로 다루고 있다. '미륵선화'를 찾는 이유에 대해 소설에서 다음과 같이 제시하고 있다.

우리 진자스님(眞慈師)의 고민과 염원(念願)도 바로 그것이었읍니다. 미륵은 여러 스님도 아시다시피 부처님의 이름입니다. 부처님의 이름을 어떻게 화랑에게 씌우느냐 이 말씀이죠. 그렇습니다. 그것이 바로 진자스님의 염원이요, 진흥대왕의 이상(理想)이었던 것입니다. 다시 말하자면 부처님을 통해서 화랑을 찾으려 한 것입니다. 불도(佛道)를 통해서 풍월도(風月道) 즉 화랑도

(花郎道)를 찾으려 했던 것입니다.[84]

(중략)…

그러므로 그도 그가 평소에 섬기고 있던 미륵부처님께 화랑(국선)을 빌었던 것입니다. 〈우리 대성(大聖)이신 부처님이시여, 화랑으로 화신(化身)하여 이 세상에 나타나시어 저로 하여금 항상 곁에서 시종들게 하소서〉하고 빌었던 것입니다. 그가 이렇게 특히 부처님으로 하여금 화랑이 되어 나타나 줍시사고 빌게 된 데는 또 한가지 다른 까닭이 있었읍니다. 그것은 불도를 통하여 화랑도(풍월도)를 앙양(昂揚)시킴으로써 화랑도와 불도의 마찰을 해소시키고 양도(兩道)의 조화와 교류를 성취시키려 했던 것입니다.[85]

불교에서 미륵은 흔히 다음 세상의 부처를 말한다. '선화'는 국가를 위한 화랑을 가리키는 것이다. 따라서 '미륵선화'는 불교와 화랑도 "양도(兩道)의 조화와 교류"를 상징한다. 이는 박구지의 염원이자 이상이다. 이러한 이상을 실현하기 위해서 박구지는 계속 '미륵선화'를 찾아다니게 되었다. 상기한 고통의 극복되지 못함이 박구지의 인생에 대한 인식이라면, 여기서의 '미륵선화' 찾기는 그에게 있는 해탈을 위한 출구라 할 수 있다. 즉 박구지는 또한 재호와 같이, 외적 수행의 추구를 통한 구도 과정에서 인생을 더 잘 인식하고 해탈을 위한 출구를 찾고 있다는 것이다. 그리고 '미륵선화'에 있어서, 미륵 사상에 대한 기대가 불교의 신비주의를 보여주었다면 나라를 위한 화랑도는 현실 차원의 사실주의에 해당한다. 즉 박구지는 늘 불교와 현세 두 가지 측면의 결합을 통해 그의 구도

---

84 위의 책, 218쪽.
85 위의 책, 230쪽.

를 실현해 나가고 있다. 그러나 「불화」의 재호가 불교에 근거해서 인간의 고통을 제거하려는 구도 의도와는 달리, 박구지는 나라의 차원에서 출발하여, 불교를 통해 화랑도의 "화평(和平)"을 추구하고 있다. 즉 개인의 고통에서 인간의 보편적인 고통에 주목하는 재호와 달리, 박구지는 개인의 고통에 대한 해결을 "다음 세상"에 기대고 있고, 현세에서 나라의 정신을 높이는 데 힘을 바쳤다.

2) 개인적 이상의 좌절과 인류의 보편적인 문제의 탐구

외적 수행의 추구를 통해 인생을 인식하고 해탈을 위한 출구를 찾는 재호, 박구지와 같이 선충원의 「톺아보기」의 주인공 청년도 여러 나라를 돌아다니며 자신이 추구하고자 하는 행복을 찾고 있다. 그러나 「불화」의 재호가 '황홀한 세계'에서 무엇인가를 찾으려는 모호한 출발을 한 것과는 달리 「톺아보기」의 청년은 처음부터 아주 명확한 이상이 있다. 그 이상은 구체적인 이상향, 즉 신비스럽고 부유한 주적국(朱笛國)[86]으로 나타나고 있다. 그러나 청년이 힘들게 찾은 주적국은 귀한 물건이 많은데도 불구하고 이 세상의 가장 이상적인 곳이 아니다. 왜냐하면 주적국의 왕도 청년처럼 새로운 욕망 때문에 이향을 하여 더 좋은 백옥단연국(白玉丹淵國)[87]에 갔기 때문이다. 그러나 가장 이상향이어야 하는 백옥단연국에도 죽음과 죽음에 대한 두려움으로 인한 사람들의 슬픔과 우울함이 도처

---

86 주적국에 대한 묘사는 「수제가경」에서 나온다. 劉洪濤, 앞의 논문, 199쪽.

87 백옥단연국에 대한 묘사는 불경인 「장아함경」 18장의 기록에 근거하고 있다. 위의 논문, 199쪽 참조.

에 있다. 즉 왕과 청년은 똑같이 '행복 → 이상향에 의한 행복감 상실 → 이상향 찾기 → 이상향에도 고통이 있음을 발견'의 경로를 겪고 있다. 이런 의미에서 보면 왕과 청년은 똑같은 인물이라 볼 수 있다. 그들은 똑같이 이상향이란 외적 수행의 추구를 통해 욕망을 충족시키고 있다. 그리고 끊임없는 욕망의 충족되지 못함으로 인해 그들의 외적 수행의 추구는 모두 실패하고 만 것이다. 이는 그들의 개인적 이상이 좌절된 것으로 보일 수도 있지만, 긍정적으로 보면 이것 또한 구도 과정에 있어서 외적 수행의 추구를 통해 왕과 청년이 얻은 인생에 대한 인식이라 할 수 있다.

그들이 외적 수행을 추구하는 과정에서 얻은 깨달음은 하나 더 있다. 즉 행복과 죽음의 문제에 대한 생각이다.

"내가 보기에는, 현재의 생활에 만족한다면, 얻지 못한 것을 생각하지 않는다면, 쾌락을 할 수 있을 것이다. 어떤 방법으로 사람을 죽지 않게 할 수 있는 문제에 대하여, 우리가 사람의 몸에서 태어났기 때문에, 당연히 사람의 생각에서 그 답을 얻을 수 있다. 그러나 답이 무엇인지 나는 아직 답하지 못하고 있다."

왕의 말 몇 마디가 백옥단연국의 어떤 사람으로 하여금 만족의 쾌락을 느끼게 하고, 어떤 사람으로 하여금 연구의 용기를 얻게 한다. 주적국의 왕이 자신의 쾌락과 자기가 아직 모르는 비밀 때문에 자기의 나라로 도로 가게 된다.[88]

---

88 沈從文,「尋覓」,『沈從文小說全集 卷八: 月下小景·如蕤』, 앞의 책, 57-58쪽. "照我想來, 對於你目前生活覺得滿足, 莫去想像你們得不到的東西, 你們就快樂了.至於什麼方法使人不死, 我們身體旣然由人類生養出來, 當然也可由人類思索弄得明白, 不過我現在可回到不出."幾句話使白玉丹淵國一部分人民得到了知足的快樂, 一部分人民得到了研究的勇氣.那朱笛國王都爲了自己的快樂, 與另外自己還不明白的秘密, 因此回返本國了.

우선, 고통을 당하고 있는 백옥단연국 사람에게 왕은 '쾌락'이란 방법을 제언했다. 왕은 "현재의 생활에 만족"하면 쾌락을 얻을 수 있다고 주장하고 있다. 현실에 만족한다면 욕망이 없게 되고, 욕망이 없으면 고통도 없게 마련이다. 고통이 없는 현재의 즐김은 "사람으로 하여금 만족의 쾌락을 느끼게" 할 수 있다. 왕이 다시 주적국으로 가게 된 이유 중의 하나가 '자신의 쾌락'을 위해서다. 즉 왕에게 있어서 '쾌락'은 바로 사람이 사는 동안의 이상적 상태다.

한편, '쾌락'이 사람의 주관적인 의지로 조절할 수 있는 것임에 비해 '죽음'은 사람의 의지대로 안 되는 것이다. 따라서 왕은 사람들이 '우울'에서 벗어나 '쾌락'을 얻을 수 있는 방법을 답할 수 있으나 '죽음'에 대해서는 답하지 못하고 있다. 그러나 답 대신에 왕은 사람에게 '죽음'에 대응할 수 있는 희망을 전한다. "우리가 사람의 몸에서 태어났기 때문에, 당연히 사람의 생각에서 그 답을 얻을 수 있다."고 하듯이 인간으로서 반드시 죽음에 대응하는 방법을 찾아낼 수 있다는 확신을 보여준다. 인간의 힘으로 고통을 제거하려는 의도는 매력적이지 않을 수 없다. 그리고 김동리 소설에 나타난 종교의 힘에 비해 선충원 소설의 인간의 힘은 사람에게 더 현실적인 느낌을 줄 수 있다.

한편, 왕의 대답은 청년으로 하여금 이상향에 대한 집착에서 벗어나 인간의 죽음과 행복의 문제에 대해 생각하게 한다.

"안분지족하지 못해도 쾌락을 얻을 수 있다. 우리의 여행은 바로 그런 것이다. 우리는 우리의 진리를 찾기 위해, 우리의 이상을 추구하기 위해, 우리의 과거의 행복을 찾기 위해서다. 이 여행은 발로 하든 마음으로 하든, 도중에 쾌락을 얻지 못하더라도, 적어도 우리가 모든 고통을 잊을 수 있다. 생사의 일은, 내가 보기엔, 이 세상에 극히 행복한 사람들에게서 구경을 찾지 못한다면, 이 세상에 극히 불행한 사람들에게서 답을 얻을 수 있지 않을까 한다."[89]

우선, '쾌락'을 얻을 수 있는 방법에 대해 청년은 '여행'을 통해서도 얻을 수 있다고 주장하고 있다. 즉 청년은 우선 왕이 제언한 고통에서 벗어나기 위한 방법인 '쾌락'에 동의한다는 것이다. 이는 청년이 이미 자신의 행복 추구보다 인간의 고통에 관심을 주기 시작했다는 것을 보여준다. 그리고 이상향이란 외부적 추구에 비해 '쾌락'은 내부적 추구라 할 수 있다. 그러나 왕의 '안분지족'의 관점과 달리 청년은 '안분지족하지 못한' 주장을 내세우고 있다. 여기서 '안분지족하지 못한' '여행'은 일이나 유람 때문에 어디 가는 것보다 그 안에 '진리', '이상', '행복'을 찾는 목적이 포함되어 있다. 따라서 '여행'은 여러 곳이나 여러 것의 외적 수행의 추구 방식으로 볼 수 있다. 즉 '여행' 그 자체가 하나의 구도 방법으로 볼 수 있다. 그리고 여행의 '도중에 쾌락을 얻지 못하더라도' '모든 고통을 잊을 수 있다.'는 것을 통해 청년은 쾌락이 고통에서 벗어나기 위한 유효하거나 유일한 방법이 아니라고 생각한다. 이것보다 오히려 '쾌락을 얻을 수 있'고 '모든 고통을 잊을 수 있'는 여행을 가장 좋은 방법으로 내세우고 있다.

---

89 위의 책, 58쪽. "不知足安分, 也仍然可以得到快樂, 就譬如我們旅行我們爲了要尋覓我們的眞理, 追求我們的理想, 搜索我們的過去幸福, 不過這旅行用的是兩隻脚或一顆心, 在路途中卽或我們得不到什麼快樂, 但至少就可忘掉了我們所有的痛苦, 至於生死的事, 照我想起來旣然向這世界極其幸福的人追尋不出究竟, 或許向地面上那極不幸福的人找尋得出結果."

그리고 청년이 여행을 통해서 찾고자 하는 이상은 행복과 죽음의 답을 찾는 것으로 변하게 된다. 이는 원래 단순한 '이상향'보다 '인간 문제'로 상승해 나간 것이다. 고향, 주적국, 백옥단연국의 경로를 겪고 나서 물질적인 누림이 사람을 행복하게 만들 수 없다는 것을 청년은 깨닫는다. 따라서 청년은 '이 세상에서 극히 불행한 사람'에게서 답을 찾기 시작한다. 그리고 행복의 의미를 찾는 동시에 사람이 왜 죽음을 두려워하는지, 어떻게 하면 두렵지 않을 수 있는지 등도 찾기 시작한다. 이러한 답을 찾기 위해 청년은 25년의 유랑 생활을 하게 된다.

한편, 선충원의 소설『여인』에는 원전과 큰 차이를 둔 결말이 있다. 원전에서 왕과 청년은 "부지런히 정진하여 모두 벽지불(辟支佛)의 도를 얻었다."[90] 그러나 개작한 소설에서 아내들의 외도로 인해 왕과 청년은 큰 충격을 받았다. 특히 왕은 여인뿐만 아니라 다른 사람도 믿지 못하겠다고 생각했다. 그러나 그들은 이 충격에 멈추지 않고 "여인이 존경받는 진정한 이유"란 답을 찾기 위해 계속 유랑생활을 한다. 비록 답을 아직 찾지 못했지만 진리가 있다는 것을 그들은 믿고 있다. 원전에서의 성불보다 소설에서의 결말은 더 현실적이라 할 수 있다. 즉 인간의 힘으로 고통을 극복하기 어렵고, 고통의 원인을 밝히기가 어렵더라도 인간은 늘 포기하지 않고 노력하고 있다는 것이다. 이는 또한 인간 구도의 특징으로 볼 수 있다.

상기한 바에 의하면 김동리와 선충원 구도소설의 주인공들은 구도의 여정을 통해 이상을 찾고 있다. 이상을 찾는 것을 구도의 과정으로 볼 수

---

90 도세법사(道世法師) 편,『法苑珠林』4, 앞의 책, 449쪽.

있다면 여정은 구도를 실현하기 위한 방법이다. 여정도 외적 수행의 추구이다. 소설의 주인공들은 이러한 외적 수행의 추구 과정에서 인생을 더 잘 인식하고 해탈을 위한 출구를 찾기도 한다. 그러나 김동리 소설에 나타난 한 개인의 이상 찾기와 이상 실현방법의 발견보다 선충원 소설에서는 개인 이상의 좌절과 인류의 보편적인 문제의 탐구를 다루고 있다. 비록 그들의 구도에 대한 인식이 서로 다르지만 외적 수행의 추구를 통해 구도를 시도해 나가는 것은 김동리와 선충원 구도소설의 공통점이라 할 수 있다. 그리고 김동리의 소설에는 현세에 초점을 맞추고 있으면서도 그 궁극적인 것은 불교에 기대는 것으로 나타나고 있는 반면에 선충원의 소설은 인간의 힘으로 해결할 수 있는 것에만 초점을 두고 있다.

3. 귀향을 통한 구도의 실천

외적 수행의 추구를 통해 구도를 하는 사람은 대부분 이향과 여정을 겪고 난 후 회귀를 선택한다. 회귀의 형식은 여러 가지가 있을 수 있다. 최초의 출발지에 돌아간 경우도 있고 더 이상 여정에 집착하지 않고 아무데나 적응하고 만족하게 지내는 경우도 있다. 이러한 다양한 회귀의 형식은 공통적으로 내적인 회귀를 지향하고 있다. 따라서 소위의 회귀는 형식적으로 외적의 것에 의거하고 있지만, 실제로 외적 수행에서부터 내적인 수행으로 전환하는 것을 의미한다. 자신의 지혜를 높이거나 구도 실천을 통해 자신의 욕망을 약화시키거나 제거해서 인생의 고통을 약화시키거나 제거하는 목적을 달성하려는 것이다. 김동리와 선충원의 소설에서는 바로 이러한 회귀를 다루고 있다.

1) 불교적 이상의 실천

해탈을 위한 출구를 찾게 된 후에 사람들은 흔히 그것을 실천한다. 그러나 「불화」에서 재호는 개동이라는 아이를 도와주기는 하나 실제로 그의 "염인증" 때문에 개동을 데리고 살고 싶지는 않아 한다. 즉 그의 외적 수행의 추구 과정에서 깨달은 이상의 실천방법을 실제로 시행하지 못했다는 것이다. 그러나 이러한 재호의 꿈에서 솔거까지 보게 되었다. 재호의 이상으로 적용된 솔거는 이제 재호의 깨달음을 불러일으키는 결정적인 역할을 하게 된다.

> 스승의 얼굴은, 그러나 낯선 사람의 얼굴이었다. 그는 미소를 띠며, 왜 그리 울어 쌓느냐고 하였다. 스승보다 멀쑥한 키대에 어깨까지 약간 구부정하고, 귀가 크고 눈썹이 길다란, 창백한 얼굴에, 먹물 누비두루막을 입은 중의 ─ 솔거였다. 재호는 생각할 겨를도 없이 그에게 절을 하였다. 그는 아직도 미소가 만면한 채,
> "난 평생 단군상만 그리다 말었어……"[91]

꿈에서 솔거는 미소가 만면한 채, 재호에게 "난 평생 단군상만 그리다 말었어……"라고만 했다. 단군은 고조선의 건국자이고 한민족의 조상이

---

91 김동리, 「불화」, 『김동리문학전집13 등신불』, 앞의 책, 285쪽.

다. 부처와 보살에 비해 단군은 한 인간이다. 그리고 고조선의 건국이념은 '홍익인간(弘益人間)', 즉 '널리 인간을 이롭게 한다.'는 것이다. 이런 의미에서 보면 솔거가 '단군상만 그렸다.'고 하는 것이 솔거의 이상이 '인간'에 초점을 맞추고 있으며, '홍익인간'에 있다는 것을 알 수 있게 한다. 이는 앞에서 언급한 재호가 추구하고자 하는 이상과 일치할 뿐만 아니라 사상 면에서 깨달음보다 한 걸음 더 나아가 재호에게 그것을 어떻게 실천하는지를 가르쳐 주는 것이다. 이를 깨달은 재호는 개동을 데리고 "절에서 마을 쪽으로 향해 내려"간다. 절의 신성성에 비해 마을은 일반 사람이 사는 속세라 할 수 있다. 이러한 세속성은 재호가 떠난 고향에도 있다. 따라서 재호가 속세에서 떠나 신성한 절에 머무르다가 다시 속세로 간다는 것이다. 마을로 가는 것은 세속적인 고향에 대한 공간적 회귀로 볼 수도 있다. 여기서 세속적인 것은 인간을 가리키기도 한다. 즉 인간의 고통을 해결하기 위해, 초월 세계에서 답을 찾다가 결국 다시 인간에게 돌아와 그 해결방법을 실천하게 되는 것이다. 이에 의하면 고통을 담은 고향과 달리 이 '마을'은 재호가 고통을 제거하려는 '도(道)'를 실천하는 곳이라고 할 수 있다. 재호는 거사계(居士戒)를 받은 사람으로서 속세에 있으면서 불도를 닦을 수 있다. 그리고 자리이타(自利利他)가 그의 수행의 목적이다. 즉 '마을'은 재호에게 도를 실행할 수 있는 현실적 공간이다. 재호가 '마을'로 가게 되는 것은 솔거의 가르침이자 거사다운 깨달음 때문이다.[92] 물론 이 공간은 고통을 초탈하는 공간이 아니다.[93] 그러나

---

92 김동석, 앞의 논문, 66쪽.

93 이는 이 소설의 연작 작품인 「정원」과 「잉여설」을 통해서도 알 수 있다. 재호는 거사 생활을 지내지만 그의 고통은 여전히 사라지지는 않았다.

불교를 의거해서 현세에서 자리이타(自利利他)를 위해 무엇인가 해내고 싶다는 것은 재호의 구도 실천의 목적이다. 이것도 앞에서 언급한 김동리의 소설에 드러난 불교와 현세를 동시에 주목하는 점과 일치하고 있다.

한편, 상기 언급한 「미륵랑」에서 나온 박구지 구도의 노선, 즉 '신라 서울 → 웅천(熊川=公州) 수원사(水原寺) → 천산(千山) → 수원사 → 서울'에서도 공간적 회귀를 엿볼 수 있다. 이 장소와 대응하여 박구지가 하는 행동은 각각 '미륵선화를 만날 수 있는 꿈을 꾸었다. → 소년을 만났다. → 미륵선화를 찾아다니다가 만난 그 소년은 바로 미륵선화인 것을 알게 되었다. → 다시 찾았는데 소년은 이미 없다. → 소년의 "나도 역시 서울 사람이라"는 말에 근거하여 다시 서울로 돌아와 결국 미륵선화를 찾았다'[94]는 것이다. 미륵선화를 찾았다는 것은 박구지의 구도가 한 단계 성공했다는 것을 의미한다. 왜냐하면 미륵선화에 의지하여 그의 이상인 "불교와 화랑도의 조화와 교류"를 이룰 수 있기 때문이다. 이런 측면에서 보면 서울은 그가 '세간(世間)'에서 구도를 실천하는 곳으로 볼 수도 있다. 그리고 미륵선화의 힘으로 화랑이 "화목"과 "예의풍교(禮義風敎)"를 비롯한 "화평(和平)"을 이루게 된다는 것은 박구지가 추구하는 현세의 이상적인 장면이기도 하다. 한편, 박구지의 구도가 미륵선화에 의해서 이루어질 수 있다는 것은 불교에 대한 기대를 보여주기도 한다. 미륵선화의 신비스러움[95]은 불교의 신비스러운 면을 보여준다. 따라서 이 소설은 여전

---

94 이때의 미륵선화는 수원사에서 만났던 그 소년과는 다른 소년으로 화신하고 있다.

95 미륵선화는 전혀 다른 두 소년으로 화신하는 것이나 어느 날 "홀연히 간곳이 없어지고 말았다"는 것이 이를 입증할 수 있다.

히 불교와 현세의 요소를 함께 다루고 있다. 미륵선화의 신통력은 사람에게 상상력을 줄 수 있어 소설의 낭만주의적 색채를 보다 더 강하게 띠게 할 수 있다. 그리고 이 소설도 앞에서 언급한 재호의 거사(居士)적 수행을 다룬 「불화」와 같이 회귀를 통한 불교적 이상의 실천을 보여주고 있다.

2) 세속적 이상의 실천

이러한 귀향을 통한 구도의 실천은 「톺아보기」에도 드러나고 있다. 「톺아보기」에서의 아름다운 청년은 25년의 유랑 생활을 거쳐 이미 '더럽고 이상한' 옷차림을 하고, 수염이 들풀처럼 생긴 야윈 노인이 되어버렸다. 어느 날 밤에 그는 다른 유랑자와 함께 밤을 지내게 되었을 때 어떤 옷을 만드는 장인의 이야기를 듣게 된다. 바로 이 이야기가 청년을 깨닫게 한다.

그는 저런 환경에서 빈곤과 죽음이 어떻게 그의 생활을 괴롭히고, 그가 다른 사람과 사통하여 몰래 도망친 젊은 아내를 찾기 위해 어떻게 여행하게 되고, 또 어떤 신앙 때문에 이렇게 씩씩하게 산다는 이야기를 해 주었다. 그가 "만약 우리가 이 세상에 살려면, 그리고 우리의 아들들도 이 세상에 살게 하려면, 어떤 역사의 배치로 틀린 일을 부정하기 위해, 하나의 책임과 하나의 이상 때문에 죽어야 한다. 물론 조금만 주저도 없이, 무서움도 없이!"라고 했다. 옷을 만드는 장인이 그의 일생의 비참한 경험을 위와 같은 말로 결말을 맺었다. 그의 굶어죽은 아들이 생각나서 더 이상 아무 말도 하

지 않았다.[96]

유랑자인 장인에게는 '빈곤과 죽음'의 위협, '도망친 아내', '굶어죽은 아들'이라는 '비참한 경험'이 있다. 이러한 장인은 청년이 찾고자 하는 극히 불행한 사람이라고 할 수 있다. 그러나 이 불행한 사람이 '씩씩하게 살'고 있다. 그 이유는 어떤 '신앙' 때문이다. 그리고 이 '신앙'은 다름이 아니라 바로 장인이 말한 "하나의 책임과 하나의 이상"이다. 장인의 말은 바로 청년이 찾고자 하는 질문에 대한 대답이다. 장인의 말을 따르자면 사람은 죽음을 피할 수 없는 것이다. 그러나 사람은 "조금만 주저도 없이, 무서움도 없이" 죽어야 한다고 주장한다. 그러려면 사는 동안 "하나의 책임과 하나의 이상"이 있어야 한다. 그래야 자신도, 자신의 자식도 "이 세상에 살" 수 있다는 것이다. 이는 바로 사는 사람으로서 죽음에 대응하고 행복을 얻을 수 있는 방법이다. 물론 '책임과 이상'은 여러 가지 방법으로 실천할 수 있다. 그러나 장인이 자신과 자신의 자식에 초점을 맞추어 이야기하는 것과 그의 경력이 모두 가족과 관련되어 있다는 것을 고려할 때, 이러한 '책임과 이상'은 또한 가족으로부터 비롯된다고 할 수 있다. 이러한 답을 얻은 청년은 유랑생활을 끝내고 자기의 아름다운 아내를 보러 고향으로 돌아가기로 한다. 청년에게 있어서 아내가 있는 고

---

96 沈從文, 「尋覓」, 『沈從文小說全集 卷八: 月下小景·如蕤』, 앞의 책, 49쪽. "他讓人知道在他那種環境裏, 貧窮與死亡如何折磨到他的生活.他爲了尋找他那被人拐逃的妻子, 如何旅行各處, 又因什麼信仰, 還能那麼硬朗結實的生活下去.他說: "我們若要活到這個世界上, 且心想讓我們的兒子們也生活到這個世界上, 爲了否認一些由於歷史安排下來錯誤了的事情, 應該在一份責任和一個理想上去死, 當然毫不躊躇毫不怕! "成衣人把他一生悲慘的經驗, 結束到上面幾句話裏後, 想起他那個活活的餓死的兒子, 就再也不說什麼了."

향은 그의 '책임과 이상'을 실천할 수 있는 현실적 공간이라 할 수 있기 때문이다.

한편, 청년과 거의 같은 역할을 맡는 주적국의 왕도 귀향을 통해 구도 실천을 한 인물이다. 그의 회귀는 우선 욕망을 충족시키는 외부 세계 추구의 한계에 대한 인식에서 비롯된다. 왕이 주적국에 다시 돌아간 것은 바로 외적 수행의 추구의 실패를 보여준다. 그 대신에, 왕은 내부에서 고통을 제거하는 방법을 사용하기 시작했다. 그 방법은 바로 앞에서 언급한 "쾌락"이다. 그러나 김동리 소설에 나타난 불교적 이상의 실천에 비해, 선충원 소설의 회귀는 세속적 이상의 실천이라 할 수 있다.

재호의 '인간의 구원'이 인간에 있다는 깨달음은 청년의 '인간의 이상적 상태'가 인간에 의해서야 이루어질 수 있다는 깨달음과 유사한 면이 있다. 그리고 재호가 '고향 → 절 → 마을'로, 박구지가 '신라 서울 → 웅천 수원사 → 천산 → 수원사 → 서울'로, 청년이 '고향 → 주적국 → 여러 나라 → 고향'으로 나아가는 구도 과정에서 공간적 회귀를 엿볼 수도 있다. 그 중 절과 주적국을 비롯한 이상향이 그들의 이상이 담긴 곳이라면, 마을이나 서울, 고향은 각각 그들이 이상을 실천하는 현실적 공간이다. 이러한 귀향은 주인공들이 찾은 욕망과 구도 사이에서의 균형점이라 할 수 있다. 왜냐하면 세속적인 욕망을 아직 끊어버리지는 못하고, 외적 수행의 추구는 더 이상 큰 의미가 없다는 것을 발견한 그들에게 2절에서 언급한 그들 각자가 찾는 해탈을 실천하는 것이 가장 좋은 구도의 방법이라 할 수 있기 때문이다. 한편, 현실에 초점을 맞추고 있다는 것은 두 작가 소설의 공통점이라 할 수 있다. 그러나 김동리의 소설은 이에 더 나아가 불교를 바탕으로 하기도 한다. 비록 회귀이더라도 거사계, 미륵 등 불교와 관련된 요소를 엿볼 수 있기 때문이다.

해탈의 도정에서 사랑의 추구

사랑은 성적 욕망과 긴밀한 관계를 가지고 있다. 일부 사람들은 사랑을 얻는 것이 자신의 성적 욕망을 충족시키는 것에서부터 시작한다고 생각한다. 성적 욕망은 사람들의 감각적 기관에 의해서 나타난다. 따라서 더 구체적으로 말하자면 사랑은 사람의 감각적 욕망과 관련되기도 한다. 사랑에 빠진 사람에게 사랑은 짝사랑을 하거나 사랑을 이미 얻었거나 하는 것 상관없이 무한한 쾌락을 의미한다. 이러한 무한한 쾌락의 상태는 일종의 해탈로 볼 수도 있다. 따라서 사람은 욕망의 충족을 통해 사랑을 추구하고 해탈을 추구하는 경우가 종종 있다.

한편, 사랑하는 두 사람은 상대방을 위해 생각하고, 심지어 희생할 수도 있다. 이럴 때, 사랑하는 두 사람은 '하나'가 되는 것이다. 즉 두 사람 사이에 '나'라는 것이 사라지게 된다. 이러한 '무아'의 정신은 구도가 추구하는 해탈의 경지와 일치하는 면이 있다. 이 장에서 바로 사랑과 해탈이

일치하는 면에서 출발하여 해탈의 도정에서 사랑의 추구를 살펴보고자
한다.

1. 감각적 욕망의 충족을 위한 사랑의 추구

「원왕생가」[97]와 「선타」[98] 두 소설의 남주인공 엄장과 후보선인은 수행
자로부터 파계자로 변하는 과정을 겪는다. 그 원인은 두 사람의 여자에
대한 사랑에서 찾을 수 있다. 왜냐하면 두 소설의 남주인공 엄장과 후보
선인이 수행을 할 때 각각 연하(延荷)와 선타(扇陀)라는 여자가 나타나고,
이로 인해 엄장과 후보선인은 각각 감각적 욕망[99]을 드러내며 사랑에 빠
지게 되었기 때문이다. 그들의 최고 이상이 된 사랑을 해탈에 이르는 방
법으로 볼 수 있다면 감각적 욕망의 충족은 그들의 사랑을 실현할 수 있
는 수단이라 할 수 있다. 그러나 감각적 욕망의 충족 여부는 과연 사랑을
성취하고 해탈을 실현할 수 있는 구도 방법이 될 수 있을까? 이 절에서

---

97 이 소설은 「삼국유사(三國遺事)」 권5의 「광덕엄장조(廣德嚴莊條)」에 기록한 이야기를 개작한 소설
이다.

98 이 소설은 「법원주림(法苑珠林)」 제71권의 「오욕부·가욕부(伍慾部·呵慾部)」에 기록된 내용을 개
작한 소설이다. 원작의 소제목은 "촉욕(觸慾)의 허물을 꾸짖음"이다. 도세법사(道世法師) 편, 『法苑
珠林』 4, 앞의 책, 363쪽.

99 불교에는 감각적 쾌락에 대한 갈애(欲愛)이 있다. 감각적 쾌락에 대한 갈애는 갈애(渴愛) 중의 하나
로서 여섯 가지 감각기관(눈, 귀, 코, 혀, 몸, 마음)의 대상에서 감각적 쾌락을 얻고자 하는 갈망을 말
한다. 본고에서 논의하고자 하는 감각적 욕망은 바로 이런 의미로 쓰이고 있다. 그리고 갈애란 또 다
른 생존을 초래하며, 쾌락과 탐욕을 동반하는, 이른바 감각적 쾌락에 대한 갈애(欲愛), 존재에 대한
갈애(有愛), 비존재에 대한 갈애(無有愛)를 말한다. 사성제의 두 번째 진리인 괴로움의 발생, 또는 원
인의 고귀한 진리(苦集聖諦)로 갈애가 제시된다. 이에 따르면 갈애는 고통의 원인인 번뇌에 해당한
다. 김재성, 「초기불교의 번뇌」, 『인도철학』 제29집, 인도철학회, 2010, 230쪽 참조.

는 이러한 차원에서 착안하여 해탈을 위한 사랑의 구도 방법을 살펴보고
자 한다.

1) 감각적 욕망의 불만족과 사랑의 성취 실패

「원왕생가」에서 남주인공 엄장은 여자 연하를 사랑한다. 이 사랑은 엄
장의 감각적 욕망을 충족하고 싶은 마음을 통해 드러나고 있다.

> 그렇게 두 해를 지내니, 광덕이 열 일곱 살이 되고 제가 열 여섯이 되었아
> 옵니다. 하루는 절(분황사) 곁에 사는 어떤 소녀(少女) 하나가 그 친척을 따
> 라 절에 나타났아옵니다. 이것은 나중 알게 된 이야기지만 그 소녀의 이름은
> 연하(延荷)라 하였아옵고 나이는 그해 열 다섯 살이었아옵니다. 얼굴엔 어딘
> 지 푸른 빛이 돌았아오나 두 눈은 연꽃같이 환하고 아름답게 빛나고 있었아
> 옵니다.
> 사뢰옵기 황송하온 말씀이오나 저는 처음 그 소녀를 보았을 때부터 웬 까
> 닭인지 저도 모르게 곧장 마음이 끌리었아옵니다.[100]

「원왕생가」에서 엄장이 소녀 연하에 대해 느끼는 사랑은 첫눈에 반한
사랑이다. 이는 엄장의 "처음 보았을 때부터" 연하에 대한 "마음이 끌리
었다."는 고백을 통해 알 수 있다. 물론 이 사랑의 이유는 여러 가지가 있
겠지만 연하의 '젊음'과 '아름다움'이 크게 작용했다고 본다. 소설에서 연
하는 15살의 소녀로 등장하고 있다. 15살은 인생에서 여자로서 빛나는

---

100 김동리, 「원왕생가」, 『金東里歷史小說』, 앞의 책, 325-326쪽.

젊은 시절이고 사랑을 충분히 받을 만한 나이라고 할 수 있다. 그리고 연하는 나이도 젊고 아름답기까지 하다. 물론 연하의 아름다움은 젊음의 아름다움일 수도 있다. 그러나 "푸른 빛을 도는 얼굴"과 "연꽃같이 환하고 아름답게 빛나는 두 눈"은 엄장의 눈에 비친 연하의 특유한 아름다움으로 볼 수 있다. 특히 '푸른 빛'이 청순, 청결 등 깨끗한 이미지를 가지고 있으며 '연꽃'은 불교에서 번뇌(煩惱)에서 나온 청정을 상징하는 것을 고려해 보면 연하의 아름다움은 결국 외모나 젊음에만 그치는 것이 아니라 깨끗한 마음에서 비롯된 것이라 할 수 있다. 그러나 엄장이 연하에게 첫눈에 반한 것은 이것보다 눈으로 확인할 수 있는 젊음과 아름다움, 즉 눈으로 보아서 생긴 욕망이 더 크게 작용했을 것이다. 그리고 이 작용은 '처음'만이 아니라 "처음 보았을 때부터", 즉 그 이후에도 지속되고 있다.

엄장이 연하에 대한 사랑이 지속되는 데에는 마음에서 우러난 사랑의 욕망과 함께 연하와 육체적인 관계를 하고 싶은 욕망 등도 함께 작용하고 있다.

소녀는 일찍기 부모를 여의고 그녀의 외삼촌 댁에 붙이어 지내는 형편이온데 그 외삼촌댁이 또한 가난하여 여간 구박을 받지 않았다고 하옵니다. 그러는 중에서도 연하는 항상 부처님에 대한 신심이 두터워 언제나 절에 오고 싶은 생각을 금할 수 없었다고 하옵니다. 어떤 때는 외삼촌 내외의 허락을 맡아서 오기도 하지만 어떤 때는 몰래 집을 빠져나온 것도 한두 번이 아니었다고 하옵니다.(중략)…

그런데 위에서도 잠깐 사뢰었아옵니다마는 소승은 처음부터 연하를 보자 몹시 마음이 끌리었아옵니다. 그것이 날이 갈수록 더욱 더 간절하여 나중엔 그녀의 얼굴을 얼핏 보거나 목소리만 잠깐 들어도 가슴이 쩌릿쩌릿하게 저려 들게 되었아옵니다.[101]

　소설에서 연하는 아주 가련한 여자로 나오고 있다. 부모를 여의고 친척 집에 얹혀살고 있는 15살의 연하가 친척의 구박까지 받는다. 이런 연하의 처지는 흔히 사람들의 '동정'과 애련한 마음을 불러일으킬 수 있다. 한편, 연하는 부처님에 대해 "신심이 두터운" 사람이기도 하다. 연하가 "언제나 절에 오고 싶은 생각"을 가지고 있고 기회만 되면 절에 찾아가는 행위는 사람으로 하여금 탄복하게 만들 수도 있다. 그러나 여기서 동정, 애련, 탄복의 마음보다 엄장으로 하여금 연하를 "더욱 더 간절하"게 사랑하게 하는 것은 연하와의 '동병상련(同病相憐)'과 '지동도합(志同道合)'의 마음에서 비롯된다.

　연하와 달리 소설에서 엄장의 출신에 대해서는 구체적으로 언급되지 않고 있다. 다만 엄장이 14살 때 분황사에 출가를 한 '사미(沙彌)'인 것을 밝히고 있을 뿐이다. 그러나 14살의 어린 나이에 출가한 것을 통해 그의 형편이 별로 좋지 않은 것을 추측할 수 있다. 그리고 엄장이 친구인 광덕과 헤어지고 나서 "남산 기슭에다 움막을 치고, 그 곁에다 조금씩 곡식을 심어가며 혼자서 마음을 닦으며 지냈다"는 것은 그의 고독과 생활고를 입증할 수 있다. 즉 엄장과 연하는 둘 다 신세가 가련하다. 한편, 엄장이 처음 분황사에 출가했을 때 "구족계나 받고 한 사람의 사문이 되"겠다고 한 목표는 그의 불도를 향한 마음을 말해준다. 이는 연하의 부처님에

101　위의 책, 326-327쪽.

대한 신심과 정성에 부합된다. 이러한 일치들은 엄장으로 하여금 연하에 대한 사랑과 연하에게 사랑을 받고 싶은 욕망을 생기게 한다. 그리고 "그녀의 얼굴을 얼핏 보거나 목소리만 잠깐 들어도 가슴이 쩌릿쩌릿하게 저려들게 되었다."는 것은 바로 이러한 욕망의 표현이다. 즉 마음에서 우러난 욕망은 눈으로 보고 귀로 듣는 것을 통해 표현된다.

엄장의 연하에 대한 사랑은 설레는 마음에 그치지 않고 연하를 얻으려는 데에 있다. 이 얻으려는 것은 소설에 엄장이 연하에 대한 3번의 손목 잡기와 연하의 몸에 손대고 싶은 행위에서 드러나고 있다.

> 저는 여느 때와 같이 보리밭 뚝에 쪼그리고 있다가 연하가 가까이 오는 것을 보자 달려들어 그녀의 손목을 잡고 끌었아옵니다. 그날 밤엔 웬 일인지 연하도 그다지 사납게 항거를 하지 않고 제가 잡아 끄는 대로 보리밭 고랑속으로 끌려 들어왔아옵니다.
>
> 저는 연하의 손목을 잡은 채 보리밭 고랑 속으로 깊이 헤치고 들어갔아옵니다. 그리하여 전날과 같은 하소연을 되풀이한 뒤 곧 그녀의 몸에 손을 대이려 하였아옵니다. 그 때 연하는 자기의 웃매무새를 굳게 잡으며 자기의 몸에 손을 대이지 못하게 했아옵니다.
>
> 『아, 혼인해서 부부가 될 터인데 왜 나를 믿지 못해?』
>
> 하고 제가 목메인 소리로 달래이자 연하는 의외로 또렷한 목소리로,
>
> 『장수좌(莊首座)-엄장을 가리킴-는 글렀어.』
>
> 하였아옵니다.[102]

---

102 위의 책, 332쪽.

위 인용문은 엄장이 연하에게 3번째 고백할 때의 장면이다. 첫 번째와 두 번째 고백할 때 손목만 잡는 것과 달리 3번째 고백할 때 엄장은 연하가 반항하지 않자, 손목뿐만 아니라 연하의 몸까지 손대고 싶어 한다. 여기서 손목이나 몸은 전부 여성에 대한 성적 욕망을 드러내는 상징이다. 이런 의미에서 보면 손목은 몸과 같은 것이다. 이것을 통해 엄장이 드러내는 이성과 육체적인 관계를 하고 싶은 욕망을 읽을 수 있다.

여기서 한 가지 주의할 점은 '혼인'이다. 즉 엄장이 연하의 몸에 손을 대고 싶은 전제가 연하와 결혼하는 데에 있다는 것이다. 비록 이 '혼인'은 엄장이 일방적으로 생각한 것이고 성사된 것이 아니지만 엄장의 연하와 육체적인 관계를 하고 싶은 욕망의 정당성을 세우는 데에 도움을 줄 수 있다는 것은 분명하다. 즉 엄장은 연하에 대한 이러한 욕망을 단순히 음란한 악욕(惡慾)이 아니라 혼인에서의 필수 욕망으로 보고 있다. 이는 그가 "원효 스님께서도 아들까지 낳았다"는 논증으로 연하를 설득해서 그와 혼인하자는 대목에서도 잘 드러나고 있다.

위에서 살펴본 바와 같이 「원왕생가」에서 엄장의 연하에 대한 사랑은 눈, 귀, 몸 등 감각기관의 대상에서 생긴 감각적 욕망이 크게 작용했다. 그리고 엄장은 이러한 감각적 욕망을 충족시키기 위해 많은 힘을 썼다. 특히 연하를 얻으려는 목적으로 엄장은 악행까지 저지르고 파계를 하기도 했다.

앞에서도 언급했듯이 엄장은 연하의 몸을 탐한다. 비록 정교 관계까지 맺지는 못했지만 엄장이 연하에게 음란한 행위를 하려했던 것은 사실이다. 특히 손목이 몸과 같은 의미인 것을 봤을 때 연하의 손목을 3번이나 잡은 엄장의 사음(邪淫)은 마음에만 있거나 하려다 실패하는 것이 아니라 실제로 행동까지 이루어진 것이다. 이 행위는 엄장이 연하에게 하는 강제적이고 일방적인 것이다. 이는 연하의 거절을 통해 잘 알 수 있다. 그리고 이 사음(邪淫)은 10년이 지났는데도 존재한다. 사랑을 얻지 못하는 것과 사랑을 놓지 못하는 것의 갈등에서 엄장의 '탐욕(貪慾)'을 엿볼 수도 있다.

엄장의 연하에 대한 사랑의 악행은 그의 광덕에 대한 태도에서도 볼 수 있다. 엄장이 연하에게 고백할 때마다 가장 친한 친구 광덕 때문에 실패하게 된다. 첫 번째 실패에서 엄장은 "주먹으로 광덕이의 볼을 쥐어박아 놓고 싶었다."는 분노를 꾹 참고 결국 자기도 "길에서 연하를 만났어, 우연이야."라는 거짓말을 했다. 물론 이 거짓말은 엄장이 자신의 사음(邪淫)한 마음을 광덕에게 들키고 싶지 않기 위해서 하는 것이다. 들키지 않으려고 한 것은 엄장이 불도 수행에 아직 마음이 있다는 뜻일 수도 있다. 그러나 이러한 선의(善意)의 거짓말이라 할지라도 엄장이 자신의 사음의 마음을 가리기 위해 한 것은 사실이다. 두 번째 때 엄장은 광덕을 보고 "달려들어 주먹으로 그의 상판을 때려 주"고 싶어 하였을 뿐만 아니라 "연하를 두고 서로 감시의 눈을 게을리하지 않았다." 즉 엄장이 광덕에게 분노와 의심을 품고 있었다는 것이다. 그리고 이러한 감정은 나중에 엄장이 광덕과 연하의 혼인 소식을 듣게 될 때 계속 유지된다. 엄장이 "곧 싸움을 걸 듯이 대어들었다."는 것을 분노를 드러내고, 광덕이 "장가를 들어서 불도를 닦"을 수 없다는 판단으로 광덕에 대한 의심을 나타낸다.

『흥, 장가를 들어서 불도를 닦는다는 건 새빨간 거짓말이여. 네가 지금이라도 극락갈 생각이 있다면 혼인은 제발 그만 둬라. 나는 너를 위해 진심으로 빕니다.』

이렇게 말하면서 저는 그의 앞에 두 손으로 합장을 해보였습니다.

그 때 광덕은 무언지 비창한 얼굴로 저를 바라보고 있었아옵니다. 그러나 역시 부드러운 목소리로,

『엄장, 자네와 나는 둘도 없는 친구로 피차가 다 서로 불과(佛果)를 얻도록 원하고 있네. 우리가 앞으로 각각 헤어져서 불도를 닦되 누구든지 먼저 정각(正覺)을 얻는 쪽이 상대를 찾아 보기로 함세.』

『그럼 정각을 얻을 때까지는 만나지 말자는 뜻인가.』

『그렇다네. 자네가 나를 의심하니까 하는 말일세.』

『그럼 좋아.』

이렇게 하여 저희들은 헤어지고 말았아옵니다.[103]

광덕이 "무언지 비창한 얼굴로" 엄장을 "바라보고 있었다."는 것은 엄장이 자신을 '의심'하기 때문이다. 이 의심은 엄장의 "장가를 들어서 불도를 닦는다는 건 새빨간 거짓말"이란 판단과 엄장이 광덕을 위해 "진심으로 빈다."는 합장의 풍자적 행동을 통해 드러나고 있다. 연하를 설득할 때 혼인을 해도 불도를 닦을 수 있다고 했던 엄장이 광덕과 연하의 혼인 소식을 듣고 나서 그의 진심을 드러냈다. 즉 혼인을 하면 불도를 닦을 수 없다는 것을 엄장은 잘 알고 있는 것이다. 엄장이 단언하면서도 의심의 방식으로 광덕을 대하는 것은 광덕을 라이벌이나 분노의 대상으로 삼고 있기 때문이다. 따라서 분노나 의심이나 전부 엄장의 악의(惡意)에서 비롯된다. 그리고 이 '악의'의 나타남은 엄장이 연하에 대한 사랑의 '탐(貪)'

---

103 위의 책, 335-336쪽.

에서 비롯되기도 한다. 엄장이 연하를 가지고 싶어서 방해자인 광덕에게 악한 마음이 생길 수밖에 없기 때문이다.

소설에서 엄장의 파계도 그의 악행에서 비롯된다. 「원왕생가」에서 엄장은 사미로 등장하고 있다. 불교에서 사미가 지켜야 할 계율은 십계(十戒), 또는 사미계(沙彌戒)라고도 한다.[104] 그러나 상기한 논의에 의하면 엄장이 지켜야 할 계율과 관련된 것은 여자에 대한 사음한 행동과 거짓말을 들 수 있다. 즉 엄장이 불음계(不淫戒)와 불망어계(不妄語戒)를 파계한 것이다. 소설에 엄장의 파계는 분황사의 절문을 통해 잘 드러내고 있다. 즉 엄장이 절에 있을 때는 사미로, 절 밖에 있을 때는 파계한 사람으로 나오고 있다.

소승은 안타까운 가슴을 누를 길 없어 마침내 연하를 만나 보기로 결심하였사옵니다. 마침 보리 이삭이 무룩이 피어 오르는 어스름 달밤이었사옵니다. 소승은 남몰래 절을 빠져나와 연하가 돌아가는 길목을 지키고 있었사옵니다. 남에게 보이지 않도록 보리 밭 뚝에 쪼그리고 앉아 있었사옵니다. (중략)…

그 때 저는 맘 속으로 광덕이를 그지없이 원망하였사오나 겉으로는 어찌 하는 수가 없었사옵니다.

『응, 길에서 연하를 만났어, 우연이야.』

저는 이렇게 거짓말을 하는 수밖에 도리가 없었사옵니다.

---

104 십계(十戒)는 7세 이상 20세 이하의 출가남자('사미'라고 한다)와 출가여자('사미니'라고 한다)가 지키는 10조항의 규칙이다. ① 불살생(不殺生) ② 불투도(不偸盜) ③ 불음(不淫) ④ 불망어(不妄語) ⑤ 불음주(不飲酒) ⑥ 머리에 향을 바르지 아니함. ⑦ 가무와 음악을 듣지 아니함. ⑧ 높고 넓은 침대에 앉지 않음. ⑨ 때 아닌 시간에 밥을 먹지 않음. ⑩ 금은재화를 축적하지 말아야 함. 방립천, 앞의 책, 119-120쪽 참조.

『응, 그래? 그럼 나하고 같이 들어가.』

광덕이 이렇게 말하자 연하는 저희들에게 고개를 조금 소곳해 보이고는 그대로 그곳을 떠나가 버렸아옵니다. 저는 주먹으로 광덕이의 볼을 쥐어박아 놓고 싶었아오나 분을 삼키며 그를 따라 절로 돌아오고 말았아옵니다.[105]

인용문에 나온 "남몰래 절을 빠져나오"는 것은 엄장이 연하에게 고백하기 위해 한 행동이자 그의 파계를 암시한 행동이다. 이 소설에서 연하는 부처님에 대한 경건한 마음을 가지고 있는 불교 신자다. 연하가 절에 나온 빈도는 처음의 "큰 제(불공)가 있을 때만 오"는 것부터 나중에는 "거의 날마다 오"게 되었다. 그러나 거의 날마다 절에서 연하를 만날 수 있는 엄장은 연하에게 고백하려고 할 때 '절을 빠져나오'는 것을 선택하였다. 즉 절 안에 있을 때 엄장은 십계를 받아야 하는 사미의 신분을 지켜야 하지만, 절 밖에 나오게 되면 엄장도 보통 남자처럼 자신의 사랑을 추구할 수 있다고 생각하는 것이다. 엄장이 자신의 사미 신분에 대해 고려하는 것은 '달밤', '남몰래', '남에게 보이지 않도록' 등의 표현과 광덕에게 들킨 후 거짓말을 한 것을 통해 잘 드러나고 있다. 엄장이 스님으로서 연하에게 고백을 하면 계율을 위반할 것을 스스로도 잘 알고 있는 것이다.

한편, 늘 연하를 지키는 광덕이 엄장의 고백 현장에 나오고 엄장의 고백을 깨뜨렸다. 그러나 광덕은 엄장이 한 말이 거짓말인 줄 뻔히 알면서도 까발리지 않았다. 그저 자기와 같이 절에 들어가자고만 권했다. 절에 들어간다는 것은 애욕을 포기하고 불도만 향하러 간다는 뜻이다. 여기서

---

105 김동리, 「원왕생가」, 『金東里歷史小說』, 앞의 책, 327-328쪽.

광덕이 엄장보고 '들어가라'는 것이 아니라 '나하고 같이 들어가'자고 한 것은 연하를 지키는 광덕의 목표가 결국 불도에 있다는 것을 보여주기도 한다. 그러나 사랑도 불도도 둘 다 포기하지 못한 엄장은 광덕의 뜻을 깨닫지 못하고 있다. 사랑의 고백이 깨지자 엄장은 어쩔 수 없이 광덕을 따라 불도를 닦는 절로 다시 들어간다. 엄장에게 있어서 '절 → 절 밖 → 절'의 공간적 전환은 '수행 → 파계 → 수행'의 과정이기도 하다. 그러나 여기서의 '수행'은 사모(思慕)나 사음(邪淫)의 마음이 담겨 있어서 깨끗한 마음으로의 수행이 아니다. 그의 마음은 항상 연하를 얻기 위한 데에 있기 때문이다.

상기한 내용에 의하면, 연하의 거절과 광덕의 방해로 인해 엄장의 사랑을 위한 노력, 즉 감각적 욕망을 충족시키는 것의 대부분은 이루지 못하고 있다. 그리고 엄장의 악행은 연하를 얻기 위한 행위이다. 그러나 이 출발점과 정반대로 엄장의 악행은 오히려 그로 하여금 사랑을 얻지 못한 고통에 얽히게 하였을 뿐만 아니라 사랑 이외의 더 많은 고통에 빠지게 하기도 하였다. 고통의 가장 직접적인 표현은 엄장이 광덕과의 반목과 헤어짐에 있다. 연하 때문에 엄장에게 있어서 광덕은 미운 사람이 되었다. 그러나 같은 절의 사미로서 이 미운 사람을 안 만날 수가 없다. 한편, 광덕은 엄장의 "둘도 없는 친구"이기도 하였다. 비록 연하 때문에 둘의 사이가 나빠졌지만 엄장은 광덕과 헤어지려는 생각이 없었다. 이는 광덕이 먼저 헤어지자고 하는 것과 헤어진 후에 엄장이 "광덕을 찾아가 보고 싶은 생각이야 언제나 간절했었다."는 내용을 통해 잘 알 수 있다. 엄장이 광덕과 연하가 어떻게 살고 있는지에 대해 궁금하기도 하고 광덕에 대한 친구로서의 사랑이 아직 남아 있다는 것은 분명하다. 그러나 연하 때문에 엄장은 광덕을 보기 힘들다. 이것들은 엄장에게 고통일 수밖에 없다. 그리고 무엇보다 엄장과 광덕의 반목과 헤어짐의 원인은 연하에게 있다. 연하를 얻지 못하여 엄장이 광덕에 대해 악한 마음이 생겼다면, 이 악한 마음들은 엄장으로 하여금 연하를 얻지 못한 고통에 더 시달리게 한다. 즉 엄장이 고통의 악순환에 빠지게 된 것이다. 해탈은 고통에서 벗어난 상태를 가리키는 것이라면 고통에 빠진 엄장은 사랑의 추구를 통해 해탈에 이르지 못하는 것이 분명하다. 김동리의 이 소설은 바로 욕망의 충족을 통해 사랑, 그리고 해탈에 이르는 불가능성을 보여주고 있다.

그러나 여기서 주목할 만한 것이 있다. 엄장이 사랑을 원한다는 욕망을 충족시키게 되면 그도 일시적으로 고통에서 벗어날 수 있다는 것이다. 이는 김동리의 소설 「극락조」에서도 논거를 찾을 수 있다. 「극락조」에서 정우가 여승(女僧)이 된 지희를 보고 환속하여 결혼하자고 했다. 정우는 욕망의 충족을 통해 사랑을 얻을 수 있고, 사랑을 얻게 되면 영원히 행복할 수 있다는 것을 믿고 있었기 때문이다.

"청정한 세계를 감히 생각할 수 없고, 오직 행복을 원하고 있습니다. 사랑을 원하고 있습니다."

"사랑을 얻으면 행복할 수 있다고 믿는가. 또 그 행복이 영원할 수 있다고 믿는가."

"그 이상의 행복을 생각하지 않겠사오며, 또한 영원하도록 노력하겠습니다."

"어떻게 노력하려 하는가."

"사랑을 얻으면, 그 이외의 일체의 욕망을 다 버리겠습니다. 다만 사랑을 가꾸며 선행(善行)을 닦겠습니다. 선행을 닦기 위하여 정진하겠습니다."[106]

위 인용문은 「극락조」에서 정우와 용봉 선사의 대화이다. 인용문에 의하면 용봉 선사가 정우에게 "사랑을 얻으면 행복"할 수 있는지, "그 행복이 영원할 수 있"는지, "영원하도록" 하려면 "어떻게 노력하려"는지의 문제를 통해 정우로 하여금 깨닫게 하려고 한다. 우선, 사랑은 다양한 욕망 중의 한 가지라고 할 수 있다. 영원한 행복이 해탈이라면 사랑을 통해 얻은 행복은 욕망에 대한 충족을 통해 해탈에 이르는 방법이다. "행복을 원하고", "사랑을 원하고" 있는 정우는 바로 욕망의 충족을 통해 고통을 극복하려는 사람이다. 사랑을 통해서 그의 평생 한(恨)으로 여긴 실연의 고통을 극복할 수 있기 때문이다.

다른 한편, 용봉선사가 정우에게 "행복을 영원하도록" 하려면 "어떻게 노력하려 하는가"를 물어봤을 때 정우는 "사랑을 얻으면, 그 이외의 일체의 욕망을 다 버리겠"다고 답했다. 이는 정우도 단순히 욕망을 통해 궁극적인 해탈에 이를 수 없다는 것을 잘 알고 있다는 것을 보여준다. 왜냐하면 인간의 욕망은 끊임없는 것이기 때문이다. 따라서 궁극적인 해탈에 이르기 위해 모든 욕망을 버려야 하고 불교의 "선행(善行)"을 비롯한 정진의 방법을 행해야 한다. 여기서 현세를 주목하면서도 불교에 기대는 김동리 소설의 특징은 다시 한 번 확인된다. 그러나 여기서 주목할 만한 것은 정우는 사랑 이외의 모든 욕망을 버리겠다는 것이다. 즉 사랑 욕망의 충족은 그에게 고통을 극복하는 방법일 뿐만 아니라 해탈에 이를 수 있

---

106 김동리, 「극락조」, 『김동리문학전집 7 극락조·비오는 동산』, 앞의 책, 160쪽.

는 전제이기도 하다. 고통을 극복해야 평화로운 마음으로 정진할 수 있기 때문이다. 그러나 소설 뒷부분에서 정우가 사랑을 얻게 된 후에, 지희가 정우를 보고 오계(五戒)를 받으라고 할 때 정우가 "음식을 통해서 인생을 즐길 수 있는 기회마저 봉쇄해 버린다는 것은 아무래도 용기가 나지 않소."라고 대답했다. 즉 정우가 식욕(食慾)에 대한 욕망이 있다는 것이고 불교의 정진을 하기 위한 가장 기본적인 요구인 오계(五戒)도 다 지키지 못하고 있다는 것이다. "사랑을 얻으면, 그 이외의 일체의 욕망을 다 버리겠"다고 약속한 정우도 식욕을 비롯한 욕망을 버리지 못한다는 것은 인간의 욕망은 끊임없이 충족시키지 못한다는 것을 입증한다.

따라서 욕망의 끊임없는 충족을 통해 해탈에 이르는 것은 이론적으로 성립될 수 있을지 모르지만, 외부 환경의 한계 등으로 인해 이를 실현하기 어렵다. 「원왕생가」에서 연하의 거절과 광덕의 방해가 바로 엄장의 욕망을 절제할 수 있는 외부 환경의 한계라고 할 수 있다. 따라서 II 장에서 언급한 외적 수행의 추구와 같이, 사랑의 추구에 있어서도 욕망의 충족은 궁극적인 해탈에 이를 수 있는 좋은 구도 방법이 아니라는 것이다. 김동리 소설에 나타난 욕망을 충족시키지 못하는 것이 바로 이를 설명해주고 있다.

2) 욕망의 충족과 사랑의 일시적인 성취

「선타」에는 「원왕생가」와 같이 감각적 욕망으로 인한 사랑이 나타나고 있다. 이는 「원왕생가」보다 더 뚜렷하고 노골적으로 드러나고 있다고 할 수 있다. 그 원인은 여자 선타가 연하와 달리 그냥 등장하거나 사랑을 거절하는 것이 아니라, 후보선인의 감각적 욕망을 불러일으키기 위해 적극적으로 다가가 유혹하는 것이기 때문이다.

여자 선타가 다른 미인들과 함께 세 사람이나 다섯 사람을 한 팀으로 연한 풀치마를 입고 하얀 다리와 하얀 팔 반쯤 노출되어 있는 상태로 산의 귀신인 척하고 나타나거나, 길고 하얗지만 얇고 투명하여 피부색의 광택을 잘 보일정도로의 옷을 입고 나타난다. 모든 여자들이 산림에서 꽃을 따거나 나비를 잡으러 다닌다. 혹은 서로 손을 잡고 달 밑에서 사랑의 노래를 소리 낮게 한다. 혹은 시냇가에서 자유롭게 옷을 벗고 목욕한다. 혹은 과일나무에 올라가 과일을 따고 던져 서로 놀이를 한다. 종종의 행위는 다 얘기를 할 수 없다. 선타의 뜻은 선인의 주의를 불러일으키려는 데에 있다. 그들의 종종의 행위는 선인의 존재 때문에 조금도 방해받지는 않는다. 선인을 아랑곳하지 않아야 선인을 격동시키고, 선인의 애욕을 냉정함에서 키우고, 절제할 수 없을 정도로 커지게 할 수 있다.[107]

위의 내용은 선타가 미녀들로 하여금 후보선인을 유혹하려는 장면이다. 이 유혹은 여자의 아름다운 몸을 통해 이루어진다. 즉 선타가 우선 눈으로 일으킬 수 있는 욕망을 이용해 후보선인으로 하여금 그들의 아름다움을 보게 한다는 것이다. 물론 그 목적은 후보선인의 "애욕을 냉정함에서 키우고, 절제할 수 없을 정도로 커지게" 한다는 데에 있다. 선타가

---

107 沈從文,「扇陀」,『沈從文小說全集 卷八: 月下小景·如蕤』, 앞의 책, 77쪽. "女子扇陀, 約了其他美人, 三伍不等, 或者身穿軟草衣裙, 半露白腿白臂, 裝成山鬼. 或者身穿白色長衣, 單薄透明, 肌膚色澤, 纖悉畢見, 諸人或來往林中, 采花捉蝶, 或攜手月下, 微吟淸歌. 或傍溪澗, 自由解衣沐裕或上果樹, 摘果抛擲, 相互遊戲種種作爲, 不可盡述. 扇陀意思, 只是在引起仙人注意, 盡其注意, 又若毫不因爲仙人在此, 就便妨礙種種行爲. 只因毫不理會仙人, 才可以激動仙人, 使這仙人愛欲, 從淡漠中培養長大, 不可節制."

'애욕'을 돌파구로 선택한 이유는 두 가지가 있다. 하나는 후보선인의 출신과 관련된다. 후보선인의 아버지는 산에서 수행하는 은자(隱者)[108]로 나오고 있다. 은자는 모든 것을 잘 알고 있지만 오직 여자에 대해서는 모르고 있다. 후보선인을 낳은 것도 은자가 우연히 아름다운 암사슴을 보고 설레게 되어 오줌을 쌌는데 그 암사슴이 오줌을 먹고 잉태한 결과다. 암사슴이 아이를 낳은 후 은자가 살고 있는 동굴 입구밖에 두고 가버린다. 어머니가 사람이 아니고, 아버지가 여자에 대해 전혀 모르고 태어나 여자를 접촉한 일이 없는 후보선인은 경험상 여자를 전혀 모르고 있다. 따라서 여자와 접촉하게 되면 그 '냉정함'에서 잠재된 욕망이 더 크게 폭발할 수 있다.

다른 하나는 후보선인이 사람이기 때문이다.

> 만약 이 선인이 귀신이라면 내가 책임지지 않는다. 만약 이 선인이 사람이라면 내가 그를 정복할 수 있는 묘한 방법이 있다. 지금 보니까 이 선인은 사람일 뿐만 아니라 영혼도 있고 뼈와 피도 있다. 그리고 야수성도 함께 섞여 있다.[109]

선타의 말에 의하면 후보선인은 사람일뿐만 아니라 암사슴의 야수성까지 포함한 신비한 출생을 가진 사람이기도 하다. 감각적인 쾌락을 애

---

108 원전에 '선인(仙人)'으로 나오고 있다. 원전에서 다음과 같이 기록하고 있다. "바라나국(波羅奈國)의 어느 산중에 어떤 (仙人)이 있었다." 도세법사(道世法師) 편, 『法苑珠林』4, 앞의 책, 363쪽.

109 沈從文, 「扇陀」, 『沈從文小說全集 卷八: 月下小景·如蕤』, 앞의 책, 75쪽. "若這仙人是鬼, 我不負責. 若這仙人是人, 我有巧妙方法, 可以降伏. 今這大仙不止是人, 靈魂骨血, 雜有獸性, 凡事容易, 毫不困難."

타게 구하는 마음인 '애욕'은 사람의 대표적인 욕구로써 피하기가 어렵다. 사람과 동물의 결합으로 태어난 후보선인은 더욱 그렇다. 따라서 선타는 우선 여자의 유혹으로 후보선인의 냉정함을 파괴하고 있다. 그리고 소설에 "한 달도 안 되어 이 후보선인이 여자만 보면 멍청한 모습을 보이기 시작"한다는 것은 선타의 '애욕'을 불러일으키는 데 성공했다는 것을 알 수 있게 한다.

선타는 눈뿐만 아니라 선타가 후보선인의 다른 감각기관의 욕망도 불러일으켰다. 한밤중 암사슴이 자식을 부르는 소리를 연주하는 것, 여자의 부드러운 소리, 향기로운 집, 깨끗한 물과 맛있는 과일, 후보선인이 여자와 같이 목욕하는 것 등이 그것이다. 이들 욕망은 후보선인을 어리석게 만들고 '애욕'에 빠지게 한다는 데 중요한 역할을 하고 있다. 물론 이 욕망은 본디 후보선인에게 있는 것이고 선타의 유혹에 의하여 잠재된 상태에서 방출되었을 뿐이다. 그리고 선타가 후보선인을 유혹하게 만든 이유를 살펴보면 후보선인이 스스로 한 악인(惡因) 때문이다.

어느 날, 산책하는 길에 후보선인은 갑자기 비를 맞게 되었다. 이 비는 파라체장국(波羅蒂長國)에서 기도한 비다. 비가 온 후 산에서의 물이 고이게 되고 길은 선태 식물로 미끄러워졌다. 부지중에, 이 후보선인은 넘어지게 되었다. 보물이 하나 깨졌을 뿐만 아니라 오른 발도 다치게 되었다.

후보선인은 화가 났다. 자연이 인간에게 아첨하는 시기가 너무 일찍이 아니냐는 생각이 들었다. 달라고만 하면 생각도 없이 바로 그들을 위해서 비를 내리게 한다는 것이 자연에게 있어서 존엄을 잃었다는 것이다. 그리고 이 비는 마침 자기를 힘들게 하기 위해서 내린 것과 같다. 따라서 후보선인은 머리에서 모자를 벗고 깨끗한 물을 떠서 주문을 입으로 외웠다. 파라체장국에 앞으로 비 내리지 못하게 하는 주문이다. 이 주문은 동방에서 전래되었기 때문에 아주 영험하다. 12년 동안 주문의 효력은 잃지 않는다. 이 후보선인은 커다란 신통력을 가지고 있어 하늘의 오룡(五龍)을 비롯한 신들은 다 그를 경외한다. 따라서 후보선인이 시키는 대로 할 수밖에 없다. 저주를 받은 파라체장국은 그 이후로부터 진짜로 비 한 방울도 내리지 않게 되었다.[110]

후보선인이 파라체장국이 구하는 비 때문에 다치게 되고, 화를 내어 파라체장국에 비가 오지 못하도록 주문을 외운다는 내용이다. 비가 오지 않으면 사람은 살 수가 없다. 그러나 후보선인은 그런 것을 전혀 고려하지 않고 바로 "앞으로 비 내리지 못하게 하"는 주문을 외워버린다. 이를 통해 후보선인은 도행이 깊은 수행자이지만 남을 배려하거나 동정하는 마음이 없는 사람임을 알 수 있다. 그리고 비록 자연의 존엄 등의 이유를 내세웠지만 이 벌을 주는 직접적인 이유는 결국 후보선인이 넘어져서 보물이 하나 깨지고 발도 다치는 데에 있다는 것을 찾을 수 있다. 따라서 후보선인은 아주 이기적인 사람에 불과하다는 것을 보여준다. 그리고 "화나"는 것은 후보선인의 분노를 보여준다. 후보선인의 분노는 비 → 비를 내리게 한 자연 → 최종적으로 파라체장국에 향하고 있다. 후보선인의 분노에 대처하기 위하여 파라체장국의 왕을 비롯하여 공주, 신하,

---

110 위의 책, 70쪽. "一天, 正在山中散步, 半途忽遇大雨, 這雨正爲波羅蒂長國中所盼望的大雨. 山中落了雨後, 山水暴發, 路上極滑, 無意之中, 使這候補仙人傾跌一跤, 打破法寶一件, 同時且把右脚扭傷. 這候補仙人心中不免嗔怒, 以爲自然阿諛人類, 時候似乎還太早了點, 只需請求, 不費思索, 就爲他們落雨, 自然尊嚴, 不免失去. 且這雨似乎有意同自己爲難, 就從頭上脫下帽子, 舀滿一帽子淸水, 口中念出種種古怪咒語, 咒罰波羅蒂長國境, 此後不許落雨. 這種咒語, 乃從東方傳來, 十分靈驗, 不至十二年後, 決不會半途失去效力. 這候補仙人, 旣然法力無邊, 天上伍龍諸神, 皆尊敬畏怖, 有所震懾, 一經吩咐, 不敢不從, 故詛咒以後, 波羅蒂長一國, 從此當眞就不降落點滴小雨."

민중들까지 다 생각을 모으기 시작했다. 이 중 선타가 공주를 상으로 주겠다는 공고문을 보고 여자가 모멸 당했다는 생각이 들어 나서는 것이었다. 따라서 선타가 후보선인을 일부러 유혹하는 원인은 결국 후보선인이 스스로 한 분노의 악에서 찾을 수 있다.

「원왕생가」에 비하면 「선타」에 등장하는 후보선인은 어느 절에 소속하지 않고 산에서 스스로 도를 닦는 수행자다. 후보선인이 사는 산은 국가의 법에 따라 사람이 함부로 살면 안 되는 곳이다. 후보선인의 아버지인 은자는 인간 세상을 떠난 지 오래되고 그 산에서 사는 유일한 사람이다. 따라서 선타가 나오기 전에 후보선인에 대해서는 이 세상에 은자밖에 아무도 모르고 있다. 이런 의미에서 보면 도를 닦는 후보선인은 어느 불교 승단(僧團)[111]에 속하는 사람이라고 하기 힘들다. 따라서 후보선인에게 불교의 구족계나 십계, 오계 등 계율을 적용하기도 힘들다. 그는 비구도, 사미도, 재가승도 아니기 때문이다. 그러나 불교 초기 석가모니의 게시[112]에 의하면, 후보선인이 지켜야 할 계율이 있다면 그것은 입, 마음과 몸의 청정(淸淨)을 지키는 것이다. 사미 엄장이 지켜야 할 십계에 비해 후보선인이 지켜야 할 이 계율은 구체적이지 못하지만 청정심을 가지는 것

---

111 칠중(七衆)이라고 하는 것은 출가(出家)한 교단(教團)과 재가(在家)한 교단(教團)을 들어서 말한 것인데 이를 약칭(略稱)하면 비구(比丘, Bhiksu), 비구니(比丘尼, Bhiksuni) - 이상(以上) 출가교단(出家教團)-우바세(優婆塞, Upasaka)-우바이(優婆夷, Upasika) - 이상(以上) 재가교단(在家教團)- 등을 사중(四衆)이라 하고, 이것에 또 삼중(三衆)을 가(加)하여 구족(具足)히 칭(稱)하면 비구(比丘), 비구니(比丘尼), 식차마나(式叉摩那, Siksamana), 사미(沙彌, Sramanera), 사미니(沙彌尼, Sramaneriki) - 이상(以上) 출가승단(出家僧團) - 우바새, 우바이(優婆塞, 優婆夷) - 이상(以上) 재가승단(在家僧團) - 등의 칠중(七衆)이 된다. 서경보, 앞의 책, 143쪽.

112 석가모니가 득도(得道)한 최초의 단계에서, 승려 제자들이 모두 청정을 지키고 있으며 전문적인 계율은 없었다. 그러나 석가모니는 여전히 승려들에게 항상 게시를 한다. 즉 자신의 언행을 주의해야 하고 신구의(身口意) 삼업(三業)의 청정을 지켜야 해탈을 할 수 있다는 것이다. 孫亦平, 「論佛教戒律的特點及其在佛教發展中的作用」, 『佛學研究』00期, 1998, 352쪽.

이 도를 닦는 사람으로서 추구하는 가장 높은 경지이기도 하다. 후보선인이 산에서 혼자 도를 닦을 때 얻은 신통력을 비롯한 큰 성과는 바로 그의 청정에서 비롯한다. 그 당시에 후보선인은 "산의 동굴에 살면서 심신(心身)을 수양하고 담백하며 사람의 일에 개입하지 않"았기 때문이다. 그러나 상기한 후보선인의 분노는 그의 마음은 아직 완전히 청정하지 못하다는 것을 보여준다. 뿐만 아니라 후보선인의 청정 파괴는 그가 선타를 비롯한 여자들의 유혹에 넘어가는 데서도 드러나고 있다.

앞에서 언급한 바와 같이 선타는 후보선인을 유혹하는 데 여러 가지 수단을 사용했다. 맛있는 약이나 술로 유혹하기도 하고 여성의 몸을 비롯한 성적 유혹을 하기도 한다. 후보선인은 「원왕생가」에서의 욕망을 충족시키지 못해 사랑을 얻지 못한 고통에 시달리게 된 엄장보다 감각적 욕망을 모두 충족시키게 되고, 사랑을 얻었을 뿐만 아니라 한창 즐기기도 하고 있다. 그러나 이러한 후보선인은 청정심을 잃고, 수행을 통해 얻게 된 지혜와 신통력을 모두 잃게 되었다.

> 선인이 배부르게 음식을 먹고 나서 평소에 음식을 절제하여 깊이 생각하는 덕에 얻은 지혜를 모두 잃게 되었다.
>
> (중략)…
>
> 선인은 욕심이 생겨, 욕조에 있는 여자들을 보고 어리석은 모습이 더욱더 드러난다. 신통력을 잃자 귀신이 도와주지 않는다. 그 즉시 파라체장국은 3일간 비가 끊임없이 내리게 된다. 전국의 모든 관리와 백성은 선인이 졌다는

것을 알게 되었다…[113]

수행 중에는 보통 '음식을 절제'한다. 그렇게 하면 '깊이 생각'하여 '지혜'를 얻을 수 있기 때문이다. 그러나 소설에 후보선인은 선타를 비롯한 여자들의 유혹으로 "배부르게 음식을 먹"게 된다. 여기서의 음식은 겉으로 보기에 깨끗한 물과 맛있는 과일인데 사실은 술과 성적 욕망을 불러일으킬 수 있는 환희환(歡喜丸), 즉 약이다. 그러나 그럼에도 불구하고 '맛있'기 때문에 후보선인은 자신의 혀로 맛보아서 생긴 욕망을 충분히 만족시켰다. 결국 그는 수행을 통해 "얻은 지혜를 모두 잃"게 되었다.

한편, 이 소설에 '비'는 후보선인의 신통력을 상징할 수 있는 매개체다. '비'가 내리지 못하게 하는 것은 후보선인이 파라체장국에 내린 징벌이다. 따라서 후보선인의 의지가 바뀌지 않는 이상, 비가 내리지 않는 것은 후보선인의 신통력을 보여준 것이다. 그렇다면 비가 내리게 된 것은 후보선인이 신통력을 잃었다는 것을 의미한다. 위 인용문에 의하면 욕조에서 여자들과 같이 목욕하는 후보선인이 여자와 육체적인 관계를 하고 싶은 욕망이 그의 신통력을 잃게 하는 데에 가장 큰 역할을 한다.

그리고 무엇보다 욕망의 충족은 후보선인으로 하여금 몸을 허약하게 만들고 결국 생명까지 잃게 하였다. 병과 죽음은 인간의 피할 수 없는 고

---

113 沈從文,「扇陀」,『沈從文小說全集 卷八: 月下小景·如蕤』, 앞의 책, 78-80쪽. "仙人飲食飽足之後, 平時由於節食冥思, 而得種種智慧, 因此以來, 全已失去.(中略)…仙人欲心轉生, 對盆中女人, 更露優相神通旣失, 鬼神不友, 波羅蒂長國境, 卽刻大雨三天三夜, 不知休止.全國臣民, 那時皆知仙人戰敗…"

통이다. 따라서 욕망의 충족으로 인한 사랑의 성취, 그리고 사랑을 통한 해탈은 단지 일시적일 뿐이다. 진정한 사랑[114]도 영원히 지속할 수 없고 욕망의 충족에 의해 고통을 극복하는 데 한계가 있기 때문이다.

한편, 두 소설에 감각적 욕망으로 인한 사랑이 수행을 방해하는 데에 있어 여자의 역할이 크다고 할 수 있다. 엄장과 후보선인이 일심으로 도를 닦는 수행자에서 감각적 욕망으로 좌우당하는 인물로 변하는 것은 여자의 등장으로부터 비롯하였다. 연하와 선타가 나타남으로써 수행하는 엄장과 후보선인으로 하여금 사랑을 느끼게 하기 때문이다. 따라서 연하와 선타는 엄장과 후보선인의 사랑의 욕망을 불러일으키는 역할과 수행을 파괴하는 역할을 동시에 맡고 있다. 비록 하나는 순결한 여자, 하나는 음녀(淫女)지만 연하와 선타는 사랑과 수행의 충돌을 일으키는 계기적 인물이다. 한편, 감각적 욕망과 이로 인한 고통은 전부 엄장과 후보선인이 혼자 하고 겪는 것이다. 이런 측면에서 보면 연하와 선타를 단순히 엄장과 후보선인의 수행하는 길에 있어서 나타난 실험적 인물로 볼 수 있다.

인간의 본성에 대해 '본질'과 '본능'의 초점에 따라 인간의 인간다움, 인간성이나 선천적 '충동', 즉 개체의 기본적인 욕구와 관련된 육체적인 성향의 것으로 보는 관점이 있다.[115] 이에 따르면 욕망은 사람의 '본성'이 될 만큼 중요한 것이다. 한 인간의 욕망을 두드러지게 표현하는 것은 결국 그 인간의 인간성을 인정하고 인간의 본성을 탐구하는 데에 목

---

114 비록 이 사랑은 선타가 후보선인을 정복하기 위해서 판 함정이기에 진정한 사랑이라고 할 수도 없다. 그러나 후보선인은 진정한 사랑인 줄 알고 있고 아주 행복하게 누리고 있다. 이런 측면에서 보면 후보선인에게 있어서 이것은 진정한 사랑으로 볼 수도 있다.

115 김종욱, 「인간 -그 염정의 이중주」, 『인간에 대한 철학적 성찰』, 문예출판사, 2005, 17-19쪽 참조.

적을 두고 있다. 이는 두 작가의 '인간성 옹호의 정신'과 부합하기도
한다.

두 소설에 다룬 감각적 욕망은 남녀 간의 사랑을 표현하는 데에 집중
되어 있다. 소설에서의 남주인공이 가진 여자에 대한 감각적 욕망은 성
욕의 충동으로 활성화되고 있다. 두 소설은 가장 격렬한 욕망과 사랑의
결합을 통해 인간의 가장 원시적인 모습과 생명의 장력(張力)을 보여준
다. 특히 「선타」는 감각기관을 직접 자극할 수 있는 표현을 통해 감각적
욕망을 아주 직관적이고 강력하게 전달하고 있어 보다 관능적이고 육체
적인 사랑을 보여준다. 이에 비해 「원왕생가」는 감각기관의 자극을 통해
관능적인 사랑을 다루고 있기는 하지만 「선타」의 노골적인 표현보다 "아
름답다."거나 "손목 잡다." 등은 비교적 함축된 느낌으로 표현되어 있다.
그리고 「선타」에서는 육체적인 사랑을 다루는데 비해 「원왕생가」에서는
동병상련(同病相憐)과 지동도합(志同道合)의 정신적인 측면에서의 사랑이
드러나고 있다.

감각적 욕망은 쾌락의 사랑을 불러일으키는 하나 사랑의 고통도 같이
가져온다. 엄장의 짝사랑에 대한 시달림이나 후보선인이 죽음 때문에 자
신이 믿는 사랑을 지속할 수 없는 것이 바로 그 고통의 표상이다. 즉 감
각적 욕망을 충족시키든 못하든 간에 사랑을 성취하지 못하거나 일시적
으로 성취할 수 있을 뿐, 해탈에 이르기가 어렵다는 것이다. 그러나 이에
의하면 사랑에 대한 추구를 통해 해탈에 이를 수 없다는 결론을 내리기
가 어렵다. 특히 「원왕생가」에서 스님 광덕이 연하와 결혼을 하고 아이까
지 낳았는데도 불구하고 극락세계로 성공적으로 가게 된 것은 해탈의 도
정에 있어서 사랑의 역할을 충분히 인정하고 있는 것이다. 그럼, 사랑의

추구를 통해 해탈에 이를 수 있을까? 할 수 있다면 어떤 식으로 이루어지는지를 다음 절에서 살펴보고자 한다.

2. 승화된 사랑을 통한 해탈 성취 가능성

1) 해탈 도정에 있는 불교화된 사랑

「원왕생가」에서 스님 광덕도 연하를 사랑하고 있다. 물론 이 사랑은 처음에 광덕이 연하를 지키기 위해 시작된다. 광덕이 스스로도 "나는 처음 한 해 동안은 순전히 그녀를 위해서 다른 놈이 손을 대지 못하게 지켜만 왔던 것이다."라고 밝혔다. 이것을 통해서 광덕이 연하를 위하는 깊은 마음을 알 수 있다. 한편, 여기서 "순전히"는 광덕의 연하에 대한 깨끗한 마음을 보여준다. 그리고 "다른 놈이 손을 대지 못하게" 하는 것은 연하의 깨끗함을 지키는 것이다. 여기서의 깨끗함은 몸뿐만 아니라 마음도 포함되고 있다고 본다. 몸을 더럽히면 마음도 청정하지 못하기 때문이다. 따라서 광덕이 결국 연하의 마음의 깨끗함을 지키려던 것이었다. 앞에도 언급한 바와 같이 깨끗한 마음은 불도를 닦는 데서 지켜야 할 중요한 대상이다. 따라서 이것을 통해 광덕의 불도를 향한 마음을 엿볼 수가 있다. 그리고 광덕은 자신뿐만 아니라 연하 것까지 챙기고 있다. 이는 연하를 생각하는 광덕의 마음과 연하의 극락왕생을 도와 준 보살적 성격을 동시에 보여준다. 한편, 엄장은 "다른 놈" 중의 대표적인 사람이다. 그러나 광덕의 지킴 때문에 엄장은 연하에 대한 사음한 마음을 실천으로 옮

기기 힘들다. 연하의 손목을 잡고 고백을 한 엄장이 광덕을 보자 "연하의 손목을 놓고 그냥 묵묵이 서 있었"다고 하는 것은 광덕의 효과적인 지킴을 보여주는 동시에 엄장의 극락왕생을 도와주는 데에 광덕의 중요한 역할도 드러내고 있다. 따라서 광덕의 연하에 대한 지킴은 그가 불도를 닦아, 세 사람이 극락왕생을 도와주는 데의 중요한 길이라고 볼 수 있다. 광덕을 바로 관세음보살의 현신으로 보고 있다는 관점[116]은 이와 관련이 있다고 본다. 그러나 관세음보살이라고 하면 초월세계의 요소가 드러날 수밖에 없다. 소설에 광덕이 십 년이나 긴 세월을 거쳐 정진한다는 것을 보면 그를 관세음보살보다 보살적 행위를 하는 경건한 수행자로 보는 것이 더 타당하다고 본다.

시간이 지나면서 광덕의 연하에 대한 마음도 변하기 시작한다. 광덕도 "혼인하고 싶었다." 스님으로서 혼인을 한다는 것은 파계일 수밖에 없다. 그러나 엄장의 사음(邪淫)과 망어(妄語)의 파계와는 달리 광덕은 혼인을 한다고 해도 수행자로서 지켜야 할 도리를 지키고 있다.

『덕수좌(德首座)–광덕을 가리킴–는 그러지 않았어.』
『뭣이? 광덕이 어쨌다고?』
『덕수좌는 나더러 혼인하자고만 했지 옷끈을 끌르라고는 하지 않았어.』
『뭣이 어째? 그럼 광덕이와도 만났단 말이여? 나 몰래.』
『그렇지만 덕수좌는 그렇게 하지는 않았어. 그래서 난 덕수좌를 오빠처럼 믿어요.』

116 김동석, 앞의 논문, 78쪽 참조.

『저런 나쁜 자식이 나 몰래 만났어. 연하를 꼬였단 말이지.』

『그러니까 장수좌도 내 몸에 손을랑 제발 대지 말아요. 나같이 불쌍한 계집앨 그렇게 하곤 서방세계(西方世界-극락) 못 가요.』[117]

위 인용문은 엄장이 연하의 몸에 손을 대고 싶을 때, 연하가 거절하는 내용이다. 이때 연하가 거절하는 이유는 "광덕이 그러지 않았"다는 것이다. 즉 광덕은 연하에게 혼인하자고 했지만 엄장처럼 남녀 간의 성적 행위를 요구하지 않았다. 이는 연하를 보호하고 연하의 극락왕생을 도와주려는 광덕의 마음을 다시 한 번 입증한다. 이전의 지킴과 지금의 존중은 연하로 하여금 광덕을 "오빠처럼 믿"게 하였다. 이때까지만 해도 연하는 광덕에게 남녀 간의 사랑이 아닌 오빠와 누이동생의 감정으로 광덕을 '믿'고 있다. 이 믿음은 광덕의 정직함을 인정하는 것 뿐만이 아니라 부처님을 향한 믿음이기도 하다. 광덕의 행위는 곧 부처님과 같기 때문이다. 광덕이 욕망을 절제할 줄 아는 것은 그의 소욕(少慾)과 무탐(無貪)한 청정을 보여주고, 늘 다른 사람을 위한 입장에서 "불쌍한" 연하를 보호해 준다는 것은 그의 자비(慈悲)와 선행(善行)을 보여준다. 이것을 통해 광덕의 보살적 성격도 엿볼 수 있다. 이러한 성격은 광덕의 엄장에 대한 태도에서도 찾을 수가 있다.

『그 때는 벌써 일 년이 지난 뒤니까 나도 맘이 좀 변해 있었다. 까놓고 이야기하자면 나도 혼인하고 싶었다. 그래서 네가 손 대지 못하게 감시를 하는 일방 나도 혼인을 청해 보았다. 그 때 연하는 대답을 하지 않더라. 다만 나를

---

117 김동리, 「원왕생가」, 『金東里歷史小說』, 앞의 책, 333쪽.

오빠와 같이 믿는다고만 하더라.』

『그 때 너는 나를 중상했겠지.』

『중상하지 않았다. 연하가 내 대신 너를 택해도 하는 수 없다고 생각하고 있었다. 다만 누구든지 연하의 몸을 훔치는 것만은 막으려 하고 있었다.』

『그런데 어째서 너하고 혼인하게 됐단 말이냐.』

『그것은 내가 물어 보았다. 연하는 엄장과 나와 누구의 아내가 되겠느냐고, 그렇지 않으면 누구의 아내도 되기 싫으냐고?』

『그러니까?』

그랬더니 연하의 말이 자기는 자기의 외삼촌이 허락한다면 나의 아내가 되겠노라고 하더라. 그래서 나는 곧 스님에게 모든 것을 자백해 올렸다.』

『그래 너의 스님은 뭐라고 그래?』

『하는 수 없다고. 그렇지만 불도를 닦는 것은 끝까지 잊지 말라고 그러시더라.』[118]

위 인용문은 광덕과 연하의 혼인 소식을 들은 후에 엄장과 광덕이 대화하는 부분이다. 여기서 우선 주목해야 할 부분은 "중상"이다. "중상"은 근거 없는 말로 남을 헐뜯어 명예나 지위를 손상시키는 의미를 가지고 있다. 엄장은 광덕이 연하에게 청혼하면 반드시 자기의 나쁜 말을 하기 마련이라고 생각했다. 따라서 "나를 중상했겠지."라는 물음표를 가진 의심도 아닌 마침표로 끝내는 판단을 내리고 있다. "서로 감시"까지 한 두 사람이 상대방을 '중상'하면 연하를 얻을 가능성이 더 크다는 것이 엄장의 생각이다. 그만큼 엄장은 사랑에 있어서의 라이벌에 대한 분노가 있

---

118 위의 책, 334-335쪽.

다는 것이다. 그러나 광덕은 엄장과 정반대로 했다. 광덕은 엄장을 "중상하지 않았"을 뿐만 아니라 연하가 엄장을 "택해도 하는 수 없다."는 관용을 보여준다. 즉 광덕은 다른 사람을 중상하지 않았을 뿐만 아니라 무탐(無貪), 무진(無瞋)의 선(善)한 마음이 있다는 것이다. 이는 광덕이 연하보고 누구와 결혼하겠는지 의견을 물을 때도 마찬가지이다. 광덕은 자기를 엄장과 같은 지위에 놓고 있다. 연하가 누구를 선택하건 누구를 선택하지 않건 다 연하의 권리라는 것이다. 이는 연하의 업이니까 광덕은 강요하지 않는다.

여기서 광덕의 스승이 가진 광덕에 대한 태도도 주목할 만하다. 파계할 제자보고 스님은 "하는 수 없다."고 했다. 즉 스님도 이것은 광덕과 연하의 업이라고 잘 알고 있기 때문에 강요하지 않겠다는 것이다. 그러나 이와 동시에 스님은 광덕에게 "불도를 닦는 것은 끝까지 잊지 말라고" 당부했다. 결혼하면 광덕은 더 이상 출가승으로 있을 수 없다. 그러나 불도를 계속 닦는 것은 재가승으로도 할 수 있다. 대승불교에서 혼인과 불도는 충돌하지 않는다. 「원왕생가」에 등장하는 원효대사 또한 결혼하고 아들까지 낳은 대승 불교의 대표적인 사람이다. 즉 원효와 비슷한 과정을 거치며 광덕이 결혼을 하고 아이를 가진 것은 대승적인 차원에서 대처승의 길을 걸은 것이다. [119] 결혼은 사랑을 표현하는 형식일 수 있다. 특히 사랑을 전제로 한 결혼은 더욱 그렇다. 이에 따르면 사랑을 통해서도 해탈에 이를 수 있다는 것이다.

---

119 김동석, 앞의 논문, 79쪽 참조.

『장 스님(엄장) 듣자옵소서. 덕 스님(광덕)과 이 몸이 혼인한지도 십 년이 지났아옵니다. 혼인한 지 처음 몇 달이 지난 뒤 스님께서 해탈하실 때까지 십 년 동안 스님께서는 아침저녁 저와 더불어 자리를 같이 하였아오나 한 번 도 저의 몸에 손을 대신 일이 없아옵니다. 저 아이는 저희가 혼인한 지 열 한 달만에 낳은 아이요. 그 뒤엔 다른 아이가 있을 수 없아옵니다. 한 번은 이 몸이 물어 보았아옵니다. 왜 이 몸을 금하시느냐고. 그랬더니 자기는 엄장과 더불어 정진을 맹세하였노라고 대답하였아옵니다. 그때 저는 맘 속으로 덕 스님의 도경(道境)이 이미 높으심을 깨닫고 그를 따라가려고 저도 주야로 아 미타불을 불러왔아옵니다. 지금 이 몸이 장 스님을 이곳에 머물게 한 것은 덕 스님의 뒤를 이어 정진을 쌓으시와 이 몸도 함께 덕 스님이 가신 서방세계 로 이끌어 주시올까 하였아올 뿐이지 다른 뜻이 없아옵니다.』[120]

위 인용문은 십년 후, 광덕이 죽은 후에 엄장이 연하의 몸에 손을 대려 고 할 때 연하가 한 고백이다. 광덕이 연하와 결혼하고 나서 아이까지 낳 았다는 것과 십 년에 연하와 늘 "더불어 자리를 같이 하였"다는 것은 그 의 연하와의 사랑을 보여주고 있다. 그러나 자리를 같이 해도 광덕은 연 하의 "몸에 손을 대"지 않고 엄장과의 약속 때문에 늘 불도에 정진하였 다. 소설의 내용에 의하면 광덕은 사랑을 지키면서 해탈에 이르는 데에 두 가지 방법을 택하고 있다. 하나는 성적 욕망에 대한 절제이고, 다른 하나는 '정진(精進)'의 방법이다. 앞에서 언급한 몸에 손을 대지 않은 것은 바로 전자에 해당한다. 이에 의하면 광덕의 사랑은 이미 불교의 영향을 받아 승화한 것을 알 수 있다. 소설에 광덕은 결혼한 후 거의 십 년이나

---

120 김동리,「원왕생가」,『金東里歷史小說』, 앞의 책, 339쪽.

연하와 성적 행위를 하지 않은 것은 바로 여기서 비롯한다. 한편, 광덕은 십 년의 노력을 통해 극락왕생했다. 극락왕생은 해탈 중의 대표적인 사상으로써 수행자가 추구하는 것이다. 광덕의 해탈은 사랑의 추구란 구도 방법의 가능성을 보여준다. 그러나 여기서의 사랑은 엄장의 성욕을 바탕으로 한 사랑과 달리, 이미 욕망이 끊어진 사랑이다.

뿐만 아니라 엄장과 달리, 광덕의 연하에 대한 사랑에서 '무아(無我)'의 정신을 엿볼 수 있다. 이 '무아'의 정신은 사랑하는 사람끼리 일체(一體)인 것에서 비롯된다. 사랑에 빠진 사람끼리는 상대방을 위해서 생각하고 상대방의 고통에 공감할 수 있다. 「원왕생가」에서 광덕은 처음부터 연하의 몸과 깨끗함을 지키기 위해 그녀의 옆에 있었다. 결혼한 후에도 그녀의 극락왕생을 인도하기 위해 늘 노력했다. 사랑의 측면에서 보면, 광덕은 바로 이러한 '무아'의 정신에 의해 해탈에 이른 것이었다. 그러나 아무리 무아의 정신이더라도 사랑에 의한 해탈은 사랑하는 사람끼리의 작은 범위에서만 성취할 수 있다. 다른 데서는 적용이 안 된다. 이는 불교에서 추구하는 궁극적인 해탈, 즉 소설에서 나온 극락왕생과 일치하지 않는다. 따라서 소설에서는 이러한 궁극적인 해탈에 이르기 위해 사랑보다 불교에 더 의지하고 있다. 소설에서 광덕도, 연하도, 마지막에 깨달은 엄장도 사랑보다 수행을 치우치는 경향이 있다. 그들은 결국 다 수행에 몰두했기 때문이다. 즉 그들은 해탈에 다다르는 데에 사랑의 역할을 인정하나 사랑보다 수행을 해탈을 위한 최종 방법으로 보고 있다. 여기서 사랑의 아름다움과 불교의 신성함의 결합은 사랑을 승화시키기도 한다. 그러나 해탈에 이르는 데에 있어서 사랑보다 정진의 수행은 더 결정적인 역할을 한다. 다시 말하자면, 사랑은 궁극적 해탈을 지향하는 데의 한 과정으로 볼 수 있지만 결국 궁극적 해탈을 달성할 수 없다는 것이다.

2) 지상(至上)의 사랑에 의한 해탈의 성취

「원왕생가」와 달리 「선타」의 후보선인은 마지막에 사랑을 택하게 되었다. 그 이유는 사랑에도 구도의 '고(苦)의 멸(滅)'의 목표를 찾을 수 있다는 것과 사랑에도 무아의 정신이 있다는 데서 비롯된다고 본다.

후보선인은 도시에서 산지 얼마 안 되어 몸이 허약해졌다. 절제할 줄 모르고 드디어 죽게 된다. 죽기 전에, 사랑 때문에, 사랑하는 여자인 선타를 위해서, 후보선인은 늘 마음이 아팠다. 선타가 건장한 수컷 사슴을 타지 않는다면 살 수 없기 때문이다. 따라서 후보선인은 죽기 전에도, 하늘에 기원한다. 죽은 후에 사슴으로 변신하여 선타의 사랑을 받을 수 있도록 하는 소원이다. 사슴의 몸으로, 선타가 타지 않더라도 선타가 자기의 등에 타고 있는 것을 상상만 해서도, 무한한 쾌락이 있다.[121]

앞에서 언급한 바에 따르면, 소설 「선타」에서 선타는 후보선인의 감각적인 욕망을 모두 불러일으킨다. 그리고 이들 욕망 덕분에 후보선인은 선타와의 사랑을 누린다. 행복을 구하는 것도 욕망의 일종이지만 갈애

---

121 沈從文, 「扇陀」, 『沈從文小說全集 卷八: 月下小景·如蕤』, 앞의 책, 82쪽. "住城少久, 身轉羸瘦, 不知節制, 終於死去, 臨死時節, 且由於愛, 以爲所愛美女扇陀, 旣常心痛, 非一健壯公鹿, 充作坐騎, 就不能活, 故彌留之際, 還向天請求, 心願死後, 卽變一鹿, 長討扇陀歡喜.能爲鹿身, 卽不爲扇陀所騎, 但只想像扇陀, 尙在背上, 亦當有無量快樂."

는 그것들과는 달리 욕망의 근저에 있는 '불만족성'을 말하는 것이다.[122] 비록 후보선인의 죽음[123]을 통해 그의 욕망의 '불만족'을 엿볼 수도 있지만 후보선인은 감각적 욕망들로 일으킨 모든 것에 매우 만족하고 있는 것이 분명하다. 소설에서 후보선인은 선타 때문에 선인으로부터 신통력을 잃은 사람으로 변하게 되고, 선타를 위해서 사람도 아닌 야수성을 품은 수컷 사슴으로 변하고 싶었다. 즉 처음에 '자연의 존엄'을 위해서 인간에게 벌을 준다는 후보선인은 이제 한 여자를 위해서 '존엄'까지 다 포기한 짐승이 되어버렸다. 그러나 그럼에도 불구하고 후보선인은 선타와 사랑에 빠진 후 어떻게 되었든, 무엇이 되었든 행복했다. 후보선인이 살아 있을 때는 물론, 죽어서 윤회를 하여 짐승이 되거나 상상의 세계에 있더라도 선타의 사랑을 받고 싶다고 한 소원이 이를 입증할 수 있다. 행복하다는 것은 고통이 없다는 뜻이기도 하다. 이는 구도에 있어서의 '고(苦)의 멸(滅)'의 목적과 일치하고 있다. 그리고 만약 후보선인이 수컷 사슴이 되려는 소원이 이루어졌다면 그는 다음 생에서도 행복을 누릴 수 있을 것이다. 이는 불교에서 추구하는 영원한 행복인 해탈의 의미에 더 접근한다고 할 수 있다. 물론 해탈은 또한 욕망을 모두 충족시키는 것으로 그 전제를 하고 있다. 이런 측면에서 보면 후보선인에게 있어서 사랑은 그가 '해탈'로 가는 방법이 될 수 있다. 그러나 아무리 사랑을 한다고 해도 후보선인의 결말은 죽는 것이다. 죽음은 역시 고(苦)의 하나로써, 사랑을

---

122 정갑동, 『T.S.엘리엇의 시와 불교철학』, 동인, 2006, 98쪽.

123 이는 원전의 결말과 다르다. 원전에서 일각선인이 온갖 욕망을 다 누리고 나서 "선정의 즐거움을 생각하면서 세상 욕심이 싫어졌다." 결국 왕의 허락을 받아 다시 산에 들어가 수행의 생활을 하게 된다. 그리고 "선인은 산으로 돌아온 뒤로는 정진하여 오래지 않아 다시 伍通(通)을 얻었"다. 도세법사(道世法師) 편, 『法苑珠林』4, 앞의 책, 365-366쪽.

통해 일시의 해탈에 이를 수 있지만 궁극적인 문제를 해결할 수 없다. 그러나 소설에서 나타나는 소원은 죽어서라도 사랑을 원하는 것이다. 이를 보면 불교의 수행보다 인간으로서 있어야 하는 욕망을 방출하고 인간답게 살아야 한다는 것이 이 소설의 주제라고 할 수 있다.

한편, 「선타」의 사랑에는 무아의 정신도 엿볼 수 있다. 선타가 병이 있어 수컷 사슴이 필요하다고 할 때 후보선인은 바로 수컷 사슴의 역할을 맡게 된다. 그리고 후보선인은 죽기 전에 오직 선타를 위해서 하늘에 자신으로 하여금 수컷 사슴으로 변신하게 해 달라는 소원을 빈다. 후보선인이 이렇게 한 직접적인 이유는 선타가 병이 있어 수컷 사슴이 없으면 죽게 될 것이라고 한데서 비롯된다. 수컷 사슴이 된다는 것은 '나'란 것을 포기한다는 뜻이다. 후보선인이 수컷 사슴이 되더라도 선타를 도와주고 싶다는 것에서 그의 '무아'의 정신을 읽을 수 있다. 왜냐하면 후보선인은 이미 선타의 고통을 자신의 고통이라고 받아들이고 있고, 선타를 위해 '아집'을 포기할 뿐만 아니라 희생까지 할 수 있기 때문이다. 사랑 때문에 후보선인이 선인의 도행(道行)과 인간으로서의 체면은 물론 윤회의 기회까지 포기한다는 것은 바로 이것의 입증이다. 그리고 바로 이러한 '무아'의 정신은 후보선인의 사랑을 승화시키기도 한다. 본래의 감각적 욕망에 대한 충족하기 위한 사랑은 이때 와서 "선타가 타고 있는 것을 상상만 해도, 무한한 쾌락이 있다."는 것으로 승화되기 때문이다. 즉, 성욕이 충족되지 못해도 후보선인은 행복할 수 있다는 것이다. 후보선인이 바로 이러한 무아에 의한 사랑의 추구를 통해 해탈에 이르려는 시도는 성공했다고 봐야 한다. 그러나 상기한 바와 같이, 이러한 해탈은 여전히 사랑하는 사람끼리의 작은 범위에서만 성립될 수 있다.

이러한 사랑을 통한 해탈 추구는 김동리의 「호원사기」[124]와 선충원의 「애욕」에서도 찾을 수 있다. 이 두 소설에서는 똑같이 여자가 사랑하는 사람을 위해서 희생한다는 내용을 다루고 있다. 희생한다는 것은 자신의 생명까지 포기한다는 것으로 '무아'의 경지이다. 두 소설에서 바로 이러한 무아의 사랑을 통해 해탈에 이르는 내용을 다루고 있다. 그러나 「호원사기」에서 여자 박호임의 죽음은 남주인공 김현의 고통이 되기도 한다. 그가 끝까지 혼인을 하지 않고 결국 중이 되어 호임을 위해 지은 호원사에 들어가는 것도 호임을 잊을 수 없기 때문이다. 즉 박호임은 사랑을 위한 희생을 통해 해탈에 도달했지만 김현은 결코 아니었다. 한편, 「애욕」에서 아내는 생명까지 희생하여 구하고 싶은 남편이 결국 병으로 죽었다. 즉 아내는 사랑을 위한 희생을 통해 해탈에 도달했지만 고통을 극복하지 못하는 남편은 그렇지 못했다. 병과 죽음은 또한 고통이기 때문이다. 즉 무아의 사랑을 통해 해탈에 이르는 경우가 있기는 하지만 많은 한계도 있다. 앞에서 언급한 사랑에 있어서 무아의 해탈은 '사랑하는 사람들끼리'란 좁은 범위에서 이룰 수 있다. 하지만 넓은 의미에서의 해탈에 이를 수 없는 것이 그 중의 하나이다. 그렇다면 무아를 통해도 해결할 수 없는 현실적 고통은 또한 이 속에 들어갈 수 있는 한계라 할 수 있다.

상기한 「원왕생가」에서 다룬 사랑을 통한 수행, 즉 현세적 사랑을 겪고 수행을 통해 초월세계의 해탈을 추구하는 내용이나, 「선타」에서 현세적 사랑이 바로 해탈이라는 사랑지상주의나 모두 사랑에 대한 추구를 통해 해탈에 이르는 가능성을 보여준다. 그 중 특히 사랑에 있어서 해탈의 성

---

124 이 소설은 『삼국유사』 제5권 감통(感通)편 「김현의 감호(金現感虎)」를 개작한 소설이다.

취는 무아 정신에 의해 가능하다는 것을 보여준다. 그러나 사랑을 통한 해탈 성취는 많은 한계도 있다. 따라서 사랑에 대한 추구는 해탈을 성취하는 궁극적인 방법이 될 수 없다.

IV

해탈을 위한 평등심(平等心)의
추구와 그 한계

경전에 이르기를 부처는 절간에 계시는 것이 아니라 바로 자신의 마음 속에 존재한다고 했다.[125] 이에 의하면 인간은 부처에 대한 추구, 즉 인간이 해탈에 이르려는 데에 있어 마음의 수행은 구도의 방법이라 할 수 있다. 김동리와 선충원의 구도소설에서는 바로 이러한 마음의 수행, 즉 평등심에 대한 추구를 통해 해탈에 이르려는 내용을 다루고 있다. 그리고 이러한 평등심에 대한 추구는 주로 희생을 통해 드러나고 있다. 그러나 앞에서 언급한 구도 방법에 비해서, 평등심에 대한 추구는 해탈에 이르는 가장 좋은 방법이면서도 가장 어려운 방법이기도 하다. 왜냐하면 인간의 이성(理性)으로 해결하지 못한 것이 많기 때문이다. 이 장에서는 바로 희생을 통한 평등심으로의 지향과 욕망으로 인한 평등심의 한계 두

---

125 송현호, 「자신의 내면에 존재하는 부처」, 『문학이 있는 풍경』, 새미, 2004, 86쪽.

가지 측면에서 출발하여 김동리와 선충원의 소설에서 다룬 평등심의 추구를 살펴보고자 한다.

1. 희생을 통한 평등심으로의 지향

1) 몸의 희생을 통한 평등심 추구

김동리의 소설 「등신불」의 가장 중요한 인물은 만적이라 할 수 있다.[126] 만적의 평등심에 대한 추구는 그의 몸을 희생하는 행위를 통해 이루어진다. 그러나 이 희생은 또한 여러 가지 과정을 겪고 달성한 것이다.

만적의 첫 번째 희생을 통한 평등심 추구의 시도는 그의 어머니가 사신(謝信)을 독살하려던 때에 드러난다.

> 하루는 어미(정씨)가 두 아이에게 밥을 주는데 가만히 독약을 신의 밥에 감추었다. 기가 우연히 이것을 엿보게 되었는데 혼자 생각하기를 이는 어머니가 나를 위하여 사씨 집의 재산을 탐냄으로써 전실 자식인 신을 없애려고 하는 짓이라 하였다. 기가 슬픈 맘을 참지 못하여 스스로 신의 밥을 제가 먹으려 할 때 어머니가 보고 크게 놀라 질색을 하며 그것을 뺏고 말하기를 이것은 너의 밥이 아니다.[127]

---

126 김동리는 「〈등신불〉과 다솔사」란 에세이에서 다음과 같이 기록하고 있다. "그리고 이 작품의 주인공이 만적이냐 '나'냐를 물어오는 경우가 많은데, 나의 견해로는 역시 만적을 주인공으로 보는 것이 옳다." 김동리, 『꽃과 소녀와 달과』, 제삼기획도서출판, 1994, 52쪽.

127 김동리, 「등신불」, 『김동리 문학전집13 등신불』, 앞의 책, 95쪽.

만적의 출가 전의 속명은 조기(曹耆)라고 한다. 인용문에서 나온 신, 즉 사신(謝信)은 기(만적)의 어머니가 개가한 사 씨 집의 아들이다. 기(만적)의 어머니는 사 씨의 재산과 자신의 자식을 위해 사신을 독살하려고 한다. 이는 '남과 나'를 차별화하는 어머니의 분별심(分別心)[128]이다. 그러나 이와 달리 어머니가 "독약을 신의 밥에 감춘" 것을 발견한 기는 "슬픈 맘을 참지 못하여 스스로 신의 밥"을 자신이 먹으려 한다. 독약을 먹으면 죽는다는 것을 기(만적)는 잘 알고 있다. 그러나 자신의 생명을 희생하여 사신을 보호하려는 행동은 그의 생명에 대한 평등심을 보여준다. 즉 사신도 기와 같이 같은 평등한 사람이기 때문이다. 그러나 어머니의 '놀람'과 '질색' 때문에 기는 희생하지 못하고 사신도 "집을 떠나서 자취를 감춰버렸다." 즉 만적의 1차적 희생을 통한 평등심 추구는 외부의 한계에 의해 실패하고 말았다. 그리고 이때의 기(만적)의 평등심은 아직 인류의 보편적인 이익을 추구하는 것이 아니라 오직 사신이란 한 사람 때문에 생겨난 것이다.

한편, 아무 잘못 없는 사신은 만적 어머니의 분별심 때문에 집을 나갔다. 이는 사신의 고통을 보여주는 동시에 그의 평등심도 제시한다. 그의 고통이 계모가 자신을 독살하려는 행위에 대한 실망에서 비롯된다면 평등심은 그가 재산에 대해 집착하지 않는 태도에서 엿볼 수 있다. 사신에게 있어 돈이 있거나 없거나 마찬가지이기 때문이다. 사신의 떠남은 기

---

128 불교의 선(禪)사상에 의하면 마음은 본질의 세계와 현상의 세계로 나눌 수 있다. 이 본질의 세계에서 현상의 세계로 나타나는 마음을 분별심이라 한다. 구체적으로 말하자면 너와 나, 좋고 싫음 등을 헤아려서 판단하는 것은 분별심과 관련된다고 볼 수 있다. 김진태, 「선에서의 분별심 초월 과정이 상담에 주는 시사점」, 한양대학교 석사논문, 1997, i쪽 참조.

(만적)를 고통에 **빠**지게 한다. 사신의 떠남은 기(만적)와 밀접한 관계가 있기 때문이다. 기(만적)가 중이 된 것도 결국 "신이 이미 집을 나갔으니 내가 반드시 찾아 데리고 돌아오리라"는 데에 있다. 여기서 사신과 기(만적)의 고통을 극복하기 위한 이향은 상기한 해탈을 위한 외적 수행의 추구로 볼 수 있다. 그리고 기(만적)가 현실적 원인으로 불교에 기탁하는 것은 역시 불교와 현세에 동시에 초점을 맞추고 있다는 김동리 소설의 특징을 드러낸다.

만적의 두 번째 시도는 그의 스승인 취뢰 스님이 돌아가시고 나서 그가 소신공양을 하기로 한 데서 드러난다.

> 만적이 처음 금릉 법림원에서 중이 되었는데 그때 그를 거두어준 스님에 취뢰(吹賴)라는 중이 있었다. 그 절의 공양을 맡아 있는 공양주(供養主) 스님이었다. 만적은 취뢰 스님의 상좌로 있으면서 불법을 배우기 시작했다. 그러니까 취뢰 스님이 그에 대한 일체를 돌보아준 것이다.
>
> 만적이 열여덟 살 때 ─ 그러니까 그가 법림원에 들어온 지 오년 뒤 ─ 취뢰 스님이 열반하시게 되자 만적은 스님(취뢰)의 은공을 갚기 위하여 자기 몸을 불전에 헌신한 결의를 했다.
>
> 만적이 그 뜻을 법사(법림원의) 운봉 선사(雲峰禪師)에게 아뢰자 운봉선사는 만적의 그릇(器) 됨을 보고 더 수도를 계속하도록 타이르며 사신(捨身)을 허락하지 않았다.[129]

이때의 만적은 "자기 몸을 불전에 헌신한 결의"를 했다. 만적의 희생

---

129 김동리, 「등신불」, 『김동리 문학전집13 등신불』, 앞의 책, 96-97쪽.

은 사신이란 한 사람을 위한 것으로 "불전", 즉 소신공양으로 승화되었다. 왜냐하면 부처님의 평등은 '중생평등(衆生平等)'이기 때문이다. 즉 만적의 평등심은 한 사람에서부터 모든 사람을 위한 평등으로 승화된 것이다. 그러나 그럼에도 불구하고 만적으로 하여금 이 결정을 하게 한 이유는 "스님(취뢰)의 은공을 갚기" 위한 것이다. 인용문에 의하면 취뢰 스님은 만적의 "일체를 돌보아준" 스승이다. 자기의 은사를 위해서 헌신하겠다는 것은 일종의 희생으로 볼 수 있지만 진정한 평등으로 보기 힘들다. 누구를 위해 일부러 뭘 한다는 것은 분별이라고 할 수밖에 없기 때문이다. 만적의 희생 요청이 운봉 선사에게 거절당하는 이유도 여기서 찾을 수 있다고 본다.

만적의 세 번째 시도는 진정한 소신공양(燒身供養)을 한 것이다. 만적이 소신공양을 하게 된 계기는 역시 그가 출가하는 계기와 같이 사신이란 사람에서 찾을 수 있다.

만적이 스물세 살 나던 해 겨울에 금릉 방면으로 나갔다가 전날의 사신(謝信)을 만났다. 열세 살 때 자기 어머니의 모해를 피하여 집을 나간 사신이었다. 그리고 자기는 이 사신을 찾아 역시 집을 나왔다가 그를 찾지 못하고 중이 된 채 어느덧 꼭 십 년 만에 그를 다시 만난 것이다. 그러나 그때 다시 만난 사신을 보고는 비록 속세의 인연을 끊어버린 만적으로서도 눈물을 금할 수 없었던 것이다. 착하고 어질던 사신이 어쩌면 하늘의 형벌을 받았단 말인고, 사신은 문둥병이 들어 있었던 것이다.

만적은 자기의 목에 걸었던 염주를 벗겨서 사신의 목에 걸어 주고 그 길로

곧장 정원사에 돌아왔다.[130]

10년 후에 다시 사신을 만날 때 "속세의 인연을 끊어버린" 만적도 역시 "눈물을 금할 수 없었다." 그 이유는 현실과 불교 두 가지 측면에서 찾을 수 있다고 본다. 현실 측면에서 보면 사신의 불행은 만적의 평등심을 일으켰다고 할 수 있다. 위 인용문에 의하면 사신의 불행은 특히 "하늘의 형벌" "문둥병"이 들어 있다는 것으로 나와 있다. 본래 모든 것을 잃고 집을 떠나 유랑하는 사신은 병까지 생겨 심한 고통을 겪는 인물이라 할 수 있다. 만적은 "속세의 인연을" 끊어버렸더라도 여전히 한 인간이다. 같은 인간으로서 고통에 빠진 사신을 보고 생긴 불쌍하고 딱하게 여기는 마음은 평등심이라 할 수 있다. 바로 이러한 평등심은 만적으로 하여금 눈물을 금할 수 없게 만들 수 있다.

한편, 사신을 통해 얻은 불교적 깨달음은 만적에게 깊은 감명을 주었다. 불교 측면에서 보면 사신의 고통스러운 경력은 인생의 무상(無常)과 인간으로서 피할 수 없는 고통을 제시해 준다. 이는 만적으로 하여금 고통은 사람의 본질이라는 것을 깨닫게 한다. 만적이 "자기의 목에 걸었던 염주를 벗겨서 사신의 목에 걸어 주"는 것은 그가 불도를 통해 중생을 구원하겠다는 뜻을 표출한다. 그리고 이 불도는 평등심에 대한 추구를 통해 드러나고 있다. 소설에서 만적이 성불한 후에 모든 사람을 평등하게 대하는 것은 바로 이것의 입증이라고 할 수 있다.

---

130 위의 책, 97쪽.

……스님의 이름은 잘 모른다. 당(唐) 나라 때다. 일천 수백 년 전이라고
한다. 소신공양(燒身供養)으로 성불을 했다. 공양을 드리고 있을 때 여러 가
지 신이(神異)가 일어났다. 이것을 보고 들은 수많은 사람들이 구름같이 모
여들어서 아낌없이 새전과 불공을 드렸는데 그들 가운데 영검을 보지 못한
사람은 하나도 없다. 그 뒤에도 계속해서 영검이 있었다. 지금까지 여기 금불
각에 빌어서 아이를 낳고 병을 고치고 한 사람의 수효는 수천 수만을 헤아린
다. 그 밖에도 소원을 성취한 사람은 이루다 헤아릴 수가 없다…….[131]

사람들이 만적에게 "새전과 불공"을 드리는 것은 그들이 부처님에게
바라는 것이 있다는 것을 보여준다. 이 바라는 것은 바로 사람의 욕망에
서 비롯된다. 그러나 욕망을 바라는 사람이 누구든지, 그 욕망이 무엇인
지 상관없이, 만적은 모두 만족시키고 있다. 소설에 나온 "영검을 보지
못한 사람은 하나도 없다." "사람의 수효는 수천수만을 헤아린다." "소원
을 성취한 사람은 이루다 헤아릴 수가 없다." 등의 표현은 바로 이것의
입증이다. 즉 성불한 만적은 모든 사람에게 똑같이 구원의 '부처'로 존재
하고 있다. 그리고 그는 남을 이롭게 하는 '이행(利行)'을 통해 사람을 깨
닫고 있다.[132] 물론 여기서의 '이행(利行)'은 욕망을 충족시키는 방법을 통
해 드러난다. 이는 사람으로 하여금 부처를 믿고 그 믿음에서 출발해 진
심으로 불도를 향하게 하는 데에 목적을 두고 있다. 소설에서 공양할 때
"여러 가지 신이가 일어났다."는 것도 사람의 믿음을 얻는 데 큰 역할을

---

131 위의 책, 92-93쪽.

132 불도 수행에는 사섭법(四攝法)이란 것이 있다. 즉 ①보시섭(布施攝), ②애어섭(愛語攝), ③이행섭
(利行攝), ④동사섭(同事攝)이 그것이다. 그 중 이행섭은 중생을 이익되게 하여 이에 따라 친애하
는 마음이 생겨서 도를 받게 한다는 뜻이다. 方立天, 앞의 책, 97쪽 참조.

했다. 불교가 초험(超驗)적인 것은 흔히 인식 능력과 고통을 제거하는 능력이 유한(有限)한 인간이 바라는 것이기 때문이다.

한편, 만적은 소신공양(燒身供養)을 통해 평등심을 추구하고 있다. 불교 측면에서 보면 소신공양, 평등심, 그리고 해탈의 관계를 다음과 같이 설명할 수 있다. 소신공양은 말 그대로 자기 자신을 불살라 부처에게 공양하는 행위를 말한다. 자기 자신을 불사르는 것은 자기 자신을 포기한다는 뜻이다. 사람들은 자기 자신이라는 것을 항상 '나'로 표현한다. 그러나 바로 이러한 '나'가 있기 때문에 욕망이 생기는 것이고 또 욕망으로 인해 고통이 생기는 것이다. 바꿔서 말하자면 모든 고통의 근원은 나에 대한 집착, 즉 '아집(我執)'에서 비롯된다고 할 수 있다.[133] 한편, 불교에서는 흔히 이러한 '나'를 "허망하고 진실하지 않"은 것이라고 본다.[134] 허망한 것에 집착하는 것은 '무명(無明)'일 수밖에 없다. 따라서 아집이나 무명에서 빠져나와서 해탈의 길에 이르려면 허망한 '나'를 버리는 것이 가장 근본적인 방법이라고 할 수 있다. 왜냐하면 '나'를 버리는 것은 '아집'을 버리는 것이고 욕망과 고통을 버리는 것이며, '무아(無我)'의 경지를 추구하는 것이다.

만적이 소신공양을 하는 직접적인 목적은 부처님에 대한 "진정한 귀의

---

133 방립천, 앞의 책, 134쪽. "아집을 만 가지 악의 근본이요, 고통의 원천이라 하여 기필코 제거하려 한다."

134 위의 책, 133-134쪽. "색(色), 수(受), 상(想), 행(行), 식(識)이라는 다섯 가지 원소(伍蘊)로 조직된 것인데, 잠시 인(人)이라고 이름 지었을 뿐, 허망하고 진실하지 않으며 본래 아(我)가 없는 것이라고 한다." 이는 소승 불교의 관점이지만 대승불교도 이를 주장한다.

로 몸을 바치는 공양"[135]에 있다. 즉 만적은 몸의 죽음을 통해 죽음이 극복된 세계, 생사즉열반(生死卽涅槃)의 세계[136]를 추구하고 있는 것이다. 그 과정에서 고통을 잘 견디는 것도 고통에서 벗어나려는 해탈의 목적을 앞두고 있기 때문이다. 이러한 만적의 소신공양에서 "죽음=죽음이 극복됨", "고통=고통에서 벗어남"의 공사상(空思想)을 읽을 수 있다. 그리고 고(苦)의 해탈은 현상의 무아(無我)를 증득한다는 것[137]에 따르면 만적은 무아(無我)의 경지를 추구하는 인물임이 분명하다. '무아'는 말 그대로 '나'가 없다는 것이다. '나'가 없으면 세상의 모든 것이 평등(平等)하게 보일 수 있다. 이런 의미에서 보면 무아는 평등과 같은 것이라고 할 수 있다. 그리고 바로 이러한 '무아', '평등'을 통해 해탈에 이를 수 있다. 소설의 만적은 바로 이러한 '나'를 불사르는 방법을 통해 해탈의 경지를 지향하는 인물이다.

'나'를 불사르는 것은 전체적인 '나'를 희생한다는 뜻이기도 하다. 희생은 일반적인 죽음, 자살과 다른 의미를 가지는 용어이다. 죽음은 인생의 고통 중의 대표적인 것 중의 하나로서 수동적인 성격이 매우 강하다. 이에 비해 자살과 희생은 주동적인 성격을 더 많이 띤다고 할 수 있다. 그러나 욕망을 극복하지 못해 결국 욕망에 지는 자살보다 희생은 타인의

---

135 정영길, 「金東里 小說에 나타난 죽음의식의 연구 : 「等身佛」의 佛敎的 死生觀을 중심으로」, 『현대문학이론연구』 7, 현대문학이론학회, 1997, 409쪽.

136 위의 논문, 406쪽.

137 송인범, 「무아설에 대한 고찰」, 『한국선학』 30, 한국선학회, 2011, 713쪽 참조. 이 논문에서 "붓다는 五蘊(我)은 무상(無常)하고 무상(無常)한 것은 고(苦)이나, 고(苦)는 진아(眞我)가 아니므로[비아(非我)] 진아(眞我)는 무상(無常)도 아니고 苦도 아니라는 것을, 즉 현상의 무아(無我)를 증득하는 것이 곧 고(苦)의 해탈(解脫)인 해탈(涅槃)이라고 가르쳤다"고 밝힌 바가 있다.

고통에 대한 공감에 의해 자원(自願)적으로 하는 경향이 더 크다. 그리고 죽음과 자살에 의한 고통에서의 도피보다 희생을 통해 진정한 해탈에 도달할 수 있다. 이 해탈은 자기 자신은 물론 중생을 위한 것이기도 하다. 상기한 만적이 성불한 후에 모든 사람의 해탈을 위해 노력하는 행위는 바로 이것의 입증이다.

이러한 희생을 통한 평등심에 대한 추구는 김동리의 소설「호원사기(虎願寺記)」에도 나타나고 있다. III 장에서 논의한 바와 같이 이 소설의 여주인공 박호임은 사랑하는 남자 김현을 위해 희생을 했다. 물론 이는 그녀가 희생한 원인 중의 하나이다. 이외에, 그녀의 희생은 오빠들을 비롯한 많은 생명을 위해서이기도 하다.

소설의 내용에 의하면 박호임의 오빠들은 반란을 일으킬 이찬 제공의 무리에 속하고 있다. 그러나 반란을 일으키면 "살상(殺傷)"이 반드시 있을 테고, 그 당시 반란의 결과는 반드시 실패할 것이었으므로 호임의 오빠들도 모두 죽을 몸이 될 것이다. 따라서 호임은 자신을 희생하더라도 김현에게 고발하라고 부탁했다. 고발하게 되면 "살상을 덜"할 수 있고 오빠들의 생명까지 보존할 수 있기 때문이다. 비록 호임의 희생은 김현의 출세를 바라는 사적(私的)인 욕망도 있지만 그녀가 더 많은 생명을 보존하기 위해 한 행위는 희생을 통한 평등심에 대한 추구로 볼 수 있다. 그러나 소설에 호임이 한 이 모든 것은 절이나 탑을 지어 달라는 소원으로 귀착하고 말았다. 결국 호원사(虎願寺)의 형성은 그녀의 현세에 이루지 못한 사랑에 대한 연장이기도 하고 불도의 연장이기도 하다. 왜냐하면 호임의 소원에 영원하고 아름다운 사랑과 불도에 대한 추구가 담겨 있기 때문이다.

한편, 이러한 주동적인 희생을 통해 평등심을 추구하는 인물이 있는 반면 점차 이것을 깨닫는 인물도 있다. 「등신불」의 '나'는 바로 이러한 희생을 통해 평등심을 추구하는 방법을 점차 깨닫게 된 인물이다. 소설의 '나'는 처음에 만적과 대립된 분별심이 강한 사람으로 나오고 있다. 그러나 이러한 분별심이 있음에도 불구하고 실제로 '나'는 잠재적인 평등심을 지니고 있는 인물이기도 하다. 다음은 소설에서의 '나'의 생사, 금불각에 대한 분별심과 그 뒤에 숨어있는 평등심을 살펴보고자 한다.

우선, 소설의 '나'는 '생사(生死)'의 절박한 고비에서 온갖 수단을 다 써서 살려고 노력한 인물이다. 이 죽음과 살아남으려는 과정에서 '나'의 분별심을 엿볼 수가 있다.

> 그때 우리는 확실한 정보는 아니지만 대체로 인도지나나 인도네시아 방면으로 가게 된다는 것을 어림으로 짐작하고 있었기 때문에, 하루라도 오래 남경에 머물면 머물수록 그만큼 우리의 목숨이 더 연장되는 거와 같이 생각하고 있었다. 따라서 교체 부대가 하루라도 더 늦게 와주었으면 하고 마음속으로 은근히 빌고 있는 편이기도 했다.
>
> 실상은 그냥 빌고 있는 심정만도 아니었다. 더 나아가서 이 기회에 기어이 나는 나의 목숨을 건져내어야 한다고 결심했다.[138]

'나'가 "인도지나나 인도네시아 방면으로 가게 된다는 것"은 일본군을 따라 태평양 전쟁에 참여한다는 것이다. 전쟁에 참여하면 군사로서의 '나'는 죽을 확률이 매우 높다. 따라서 '나'는 "목숨이 더 연장"되기 위해

---

138 김동리, 「등신불」, 『김동리 문학전집13 등신불』, 앞의 책, 80쪽.

차라리 일본군이 주둔되어 있는 남경에 "하루라도 오래" 머물고 싶은 것이다. 역사 상 1937년-1945년 사이에 일본은 중국 남경을 침략하고 점령하고 있었다. 소설의 시간 배경인 1943년 당시 남경은 일본이 주도권을 가진 도시였다. 따라서 중국과 일본의 적대적인 관계에도 불구하고 '나'가 남경에 머무는 것은 오히려 목숨을 보존하기 위한 수단이 될 수 있다. 그러나 "교체 부대"가 늦게라도 도착할 날이 있을 것이다. 교체 부대가 오기만 하면 '나'는 소속부대에 따라 죽음의 전쟁터에 가게 될 운명을 피할 수 없다. 따라서 '나'는 기도에만 머무르지 않고 교체 부대가 늦게 온 기회를 타서 "나의 목숨을 건져내어야 한다."는 행동까지 실천하기로 한다. 이것을 통해서 소설에서의 '나'는 죽음을 피하고 살아남으려는 욕망이 아주 크다는 것을 알 수가 있다. 죽음을 피하는 것은 죽기를 싫어하는 것이고 살아남으려는 것은 살기를 좋아한다는 것이다. 이 좋고 싫다 사이에 '나'의 '생사(生死)'에 대한 분별이 드러난다.

한편, 소설의 내용에 의하면 '나'의 생명을 보존하는 데 있어서 진기수는 결정적인 사람이고, 원혜 대사는 불은(佛恩) 때문에 '나'를 받아들인 사람이며, 경암은 진기수와 원혜 대사의 결정에 따라 '나'를 위험에서부터 안전한 곳으로 실제로 데려가는 사람으로 등장하고 있다. 그 중 진기수는 두말할 것도 없이 '나'에게 가장 중요한 사람이다. 그래서 '나'는 자기를 진기수에게 "무조건" 맡기고 진기수가 하는 말에 "무조건 네, 네, 하며 곧장 머리를 끄덕일 뿐이었다." 그러나 이에 비해, '나'는 경암에 대해 일반적인 감사의 뜻만 표하고, 원혜 대사에게 인사할 때 "진기수 씨 앞에서 연거푸 머리를 수그리던 것과는 달리 이번에는 한 번만 정중하게 머리를 수그려 절을" 한다. 특히 "연거푸"와 "한 번만"의 대비를 통해 '나'가

절박한 상황에서 생명을 건져준 은인 진기수와 위험에서 어느 정도 벗어난 상황에서 마주하는 은인 원혜 대사에 대한 분별심을 가지고 있다는 것을 엿볼 수 있다. 여기서 '나'의 세속적인 성향[139]도 원인이 되겠지만 그 근본적인 것은 '아집(我執)'에서 찾을 수 있다고 본다. 소설의 '나'는 이 세상에 '나'가 실제 존재한다는 생각을 가지고 생(生)을 추구하는 것이다. 미지의 죽음세계보다 '생(生)'은 흔히 '나'를 실제로 느낄 수 있고, 마치 '나'의 실제의 존재를 증명하는 듯하다. 따라서 사람들은 흔히 '나'를 유지하기 위해 '생(生)'을 힘써 추구하는 것이다. 결국 '생(生)'은 '나'를 위한 것이 되고, '나'는 사람의 중심이 되고 목적이 된다. 소설에서의 '나'가 자신의 좋고 싫음, 자신에게의 중요성 여부에 따라 행동하는 것은 바로 '나'를 중심으로 한 것이기 때문이다.

그러나 그럼에도 불구하고 여기서 주목할 만한 것이 있다. 즉 '나'에게도 평등심이 있다는 것이다. 소설에서 '나'의 책상머리에 언제나 걸어두고 바라보던 관세음보살님이 있다. 그리고 '나'는 이 보살님이 "미소로써 나를 굽어보고 있는 것이라고 믿"고 있다. 그 중 전자는 '나'가 불교로 귀의하고 싶은 마음이 늘 있다는 것을 보여준다면, 후자는 '나'의 자비(慈悲)한 보살님에 대한 믿음을 보여준다. 이에 따르면 '나'가 불교를 선택하는 것은 결코 죽음을 피하기 위한 방도만이 아니라 진정한 마음의 추구가 있다는 것이다. 그러나 이때의 추구는 아직 인간으로서 불교에 대한 모호한 동경에 있다고 할 수 있다. 왜냐하면 이때 '나'는 관세음보살님의 자비만 보이고 불교를 왜 찾아야 할지 명확하게 알지 못하기 때문이다.

---

139 정영길, 앞의 논문, 396쪽.

그러나 분명한 것은 '나'는 "현실에 만족하지 못하고 그 무엇인가를 끊임없이 추구하고 있으며, 그것을 그 나름대로 가치 있는 삶이라고 생각하고 있다는 사실이다."[140] 현실에 만족하지 못한다는 것이 욕망으로 인한 고통이라면 불교를 통한 극복은 외적 수행의 추구에 속한다. 현세적 인간의 초험(超驗)적인 불교에 대한 기대는 이 대목을 통해서도 짐작할 수 있다.

그리고 소설에 '나'는 "願免殺生 歸依佛恩(원컨대 살생을 면하게 하옵시며 부처님의 은혜 속에 귀의코자 하나이다)"란 혈서를 썼다는 내용이 있다. 상기한 불교에 대한 모호한 동경에 비해 '나'의 귀의하는 동기는 보다 더 명확하게 제시되고 있다. 즉 "살생을 면하게" 한다는 것이다. 군사로서의 '나'는 전쟁에 나가면 '살생'을 할 확률이 높다. 그리고 '나'가 '살생'하지 않더라도 전쟁 때문에 죽는 사람이 많을 것이다. '살생'하는 것은 남과 나를 분별하는 것에서 비롯된다. 그러나 중생은 본래 평등하여야 하는 것이다. 이에 따르면 '나'의 "부처님의 은혜 속에 귀의코자 하"는 것은 분별심에서 벗어나 평등심을 추구하는 목적에서 비롯된다고 볼 수 있다. 그리고 '나'가 이 혈서를 쓰게 된 것은 '단지'를 통해서 이루어진 것이다. 자신의 몸을 희생한다는 면에 있어서 '단지(斷指)'는 만적의 '소신공양'과 같다. 즉 '나'도 평등심을 위해 자신의 몸(일부분)을 희생했다는 것이다. 그러나 이때의 '나'는 아직 단지와 평등심, 그리고 구도 사이의 관계에 대해 깨닫지 못하고 있다. 소설 마지막에 원혜 대사가 단지를 들고 화두를 내는 것도 여기서 비롯된다. 따라서 소설의 '나'는 완전히 분별심만 있는 사

---

140 송현호, 「자신의 내면에 존재하는 부처」, 『문학이 있는 풍경』, 앞의 책, 85쪽.

람이 아니라 평등심으로 지향하는 인물이 분명하다.

한편, 금불각에 대한 나의 태도도 마찬가지이다.

> 여기서도 물론 나는 법당 구경을 먼저 했다. 본존(本尊)을 모셔둔 곳이니
> 만큼 그 절의 풍도나 품격을 가장 대표적으로 보여주는 곳이라는 까닭으로
> 서보다도 절 구경은 으레 법당이 중심이라는 종래의 습관 때문이라고 하는
> 편이 옳았는지 모른다. 그러나 내가 법당에서 얻은 감명은 우리 나라의 큰
> 절이나 일본의 그것에 견주어 그렇게 자별하다고 할 것이 없었다. 기둥이 더
> 굵대야 그저 그렇고, 불상이 더 크대야 놀랄 정도는 아니요, 그밖에 채색이
> 나 조각에 있어서도 한국이나 일본의 그것에 비하여 더 정교한 편은 아닌 듯
> 했다. 다만 정면 한 가운데 높직이 모셔져 있는 세 위(位)의 불상(훌륭히 도
> 금을 입힌)을 그대로 살아 있는 사람으로 간주하고 힘겨룸을 시켜본다면 한
> 국이나 일본의 그것보다 더 놀라운 힘을 쓸수 있지 않을까 하는 생각이었다.
> 그러니까 나로서는 어디까지나 「살아 있는 사람으로 간주하고 힘겨룸을 시켜
> 본다면」하는 가정에서 말한 것이지만, 그네의 눈으로써 보면 자기네의 부처
> 님(불상)이 그만큼 더 거룩하게만 보일는지 모를 일이었다. 더 쉽게 말하자면
> 내가 위에서 말한 더 놀라운 힘이란 체력을 뜻하는 것이지만 그들의 눈에는
> 그것이 어떤 거룩한 법력이나 도력으로 비칠는지도 모른다는 것이다.[141]

'나'가 금불각을 구경하게 되는 것은 "법당이 중심"이기 때문이다. 중
심이라는 것은 가장 중요하다는 것을 의미하기도 한다. 그 중요성은 "본
존(本尊)을 모셔둔 곳이니만큼 그 절의 풍도나 품격을 가장 대표적으로

---

141 김동리, 「등신불」, 『김동리 문학전집13 등신불』, 앞의 책, 86쪽.

보여주는 곳"에 나타나 있다고 본다. 그러나 '나'가 법당에 간 것은 이러한 "풍도나 품격"을 감상하기 위해서가 아니라 오직 "습관" 때문이다. 즉 절을 구경하려면 으레 가장 중심인 법당을 구경해야 한다는 것은 '나'의 생각이다. 이러한 '나'의 생각을 중심으로 중심지인 법당에 가야 한다는 판단은 분별심이라고 하지 않을 수 없다.

"내가 법당에서 얻은 감명"은 오직 한국, 일본의 법당과의 비교에 있다. 기둥, 불상, 채색, 조각, 심지어 부처님의 힘 등이 바로 비교의 직접적인 대상이 된다. 비교하는 행위 그 자체가 '나'의 분별심을 드러낸다. 그리고 비교하는 출발점은 모두 '나'의 생각, '나'의 경험에 있다. 이는 '아집'이라고 보지 않을 수 없다. 한편, 기둥, 불상, 채색, 조각은 법당의 겉모습이다. 부처님의 힘은 "법력과 도력"보다 힘겨룸에서 드러날 수 있는 "체력"이다. 이것들은 모두 눈으로 확인할 수 있는 것들이다. 즉 '나'가 주목하고 있는 것은 오직 눈으로 볼 수 있는 현상에만 머무르고 있다. 『금강경』에서 말하되, "범소유상 개시허망(凡所有相 皆是虛妄)"이다. 즉 형상 있는 모든 것은 허망하다는 뜻이다. 즉 '나'가 주목한 기둥을 비롯한 대상은 실제로 허망한 '가상(假相)'일 뿐이다. 그러나 그럼에도 불구하고 '나'는 결코 이러한 가상(假相)에만 완전히 빠진 사람이 아니다. 이는 금불각의 조상(彫像)과 그림 등은 도금을 입히고 있어서 "건물 그 자체부터 금빛이 현란"해 보이는 부분에 대한 '나'의 생각을 통해 엿볼 수 있다.

나는 본디 비단이나, 종이나, 나무나, 쇠붙이 따위에 올린 금물이나 금박 같은 것을 왠지 거북해하는 성미라 금불각에 입혀져 있는 금빛에도 그러한 경계심과 반감 같은 것을 품고 대했지만, 하여간 이렇게 석대를 쌓고 금칠을 하고 할 때는 그네들로서 무엇인지 아끼고 위하는 마음의 표시를 하노라고 한 짓임에 틀림없을 것이라고 보지 않을 수 없었다.

그러면서도 나는 그 아끼고 위하는 것이 보나마나 대단한 것은 아니라고 혼자 속으로 미리 단정을 내리고 있었다. 나의 과거 경험으로 본다면 이런 것은 대개 어느 대왕이나 황제의 갸륵한 뜻으로 순금을 많이 넣어서 주조한 불상이라든가 또는 어느 천자가 어느 황후의 명복을 빌기 위해서 친히 불사를 일으킨 연유의 불상이라든가 하는 따위 - 대왕이나 황제의 권위를 보여주기 위해서는 금빛이 십상이었기 때문이었다.[142]

소설에 금빛이 입혀져 있는 금불각에 대해 '나'의 태도는 분명하다. 즉 "경계심과 반감 같은 것을 품"고 있다는 것이다. 그 이유는 이런 현상에 대한 '나'의 "거북해 하는 성미" 때문이다. 싫다는 것은 '나'의 분별심을 드러내는 동시에 '나'도 진실한 것을 추구하고 싶다는 것을 보여준다. 사람들은 사물을 돋보이게 하기 위해서 항상 "금물이나 금박 같은 것"으로 사물을 장식한다. 여기서 나온 "비단이나, 종이나, 나무나, 쇠붙이 따위에 올린" 것은 바로 예이다. 그러나 도금을 입힌 사물의 겉에 나온 금은 항상 그 사물의 본래의 모습을 가리기가 쉽다. 결국 인위적인 가공(加工)으로 나온 '상(相)'은 진실이 아닌 가짜의 상(相)이다. 물론 이는 불교에서 말한 가상(假相)과는 다른 의미이다. '나'가 좋아하는 도금을 입히지 않는 '비단'을 비롯한 사물도 불교에서 '가상(假相)'으로 여기기 때문이다. 그러나 그럼에도 불구하고 도금을 입히지 않는 것을 좋아하는 '나'도 '가상(假相)'에 대해 나름대로의 판단을 내리고 있다. 즉 '나'도 불교의 진리를 추

---

142 위의 책, 87쪽.

구하는 마음이 있다는 것이다. 한편, 금은 귀하기도 하고 세속적이기도 하다. 소설에서의 금과 관련된 불상, "대왕이나 황제"는 모두 금의 귀함을 보여준다. 특히 불상이 "그네들로서 무엇인가 아끼고 위하는 마음의 표시"라는 것은 귀한 것에 대한 그들의 존중을 보여준다. 그러나 불상은 오직 대왕이나 황제가 자신의 "권위"를 보여주기 위한 일종의 수단이 되었을 때 그만큼 세속적이지 않을 수 없다. '나'가 "대단한 것은 아니라고" 단정을 내리는 것이 바로 세속에 대한 경시이다. 이러한 부처님에 대한 존중과 세속에 대한 경시는 후에 '나'의 깨달음의 가능성을 암시해 준 부분이기도 하다.

이렇듯 분별심이 강하나 잠재적인 평등심의 소질을 갖고 있는 '나'에게 큰 충격을 준 것은 정원사의 등신불과 만적의 전설이다. 그리고 바로 이것은 '나'로 하여금 깨달음의 길로 향하게 만든 계기라 할 수 있다.

그러나 그것은 전혀 내가 미리 예상했던 그러한 어떤 불상이 아니었다. 머리 위에 향로를 이고 두 손을 합장한, 고개와 등이 앞으로 좀 수그러진, 입도 조금 헤벌어진, 그것은 불상이라고 할 수도 없는, 형편없이 초라한, 그러면서도 무언지 보는 사람의 가슴을 쥐어짜는 듯한, 사무치게 애절한 느낌을 주는 등신대(等身大)의 결가부좌상(結跏趺坐像)이었다. 그렇게 정연하고 단아하게 석대를 쌓고 추녀와 현판에 금물을 입힌 금불각 속에 안치되어 있음 직한 아름답고 거룩하고 존엄성 있는 그러한 불상과는 하늘과 땅 사이라고나 할까, 너무도 거리가 먼, 어의가 없는, 허리도 제대로 펴고 앉지 못한, 머리 위에 조그만 향로를 얹은 채 우는 듯한, 웃는 듯한, 찡그린 듯한, 오뇌와 비원(悲願)이 서린 듯한, 그러면서도 무어라고 형언할 수 없는 슬픔이랄까 아픔 같은 것이 보는 사람의 가슴을 꽉 움켜잡는 듯한, 일찍이 본 적도 상상

한 적도 없는 그러한 어떤 가부좌상이었다.[143]

"아름답고 거룩하고 존엄성 있는 그러한 불상과" 달리 '나'가 보게 된 등신불은 "오뇌와 비원이 서린 듯한" "형언할 수 없는 슬픔이랄까 아픔 같은" 모습을 가지고 있다. 여기서 오뇌, 비원, 슬픔, 아픔은 모두 고통을 가리키고 있다. 즉 인간으로서 성불한 만적은 인간의 본질적인 고통을 그대로 표출하고 있다. 이러한 "보는 사람의 가슴을 꽉 움켜잡는 듯한" 느낌은 보는 사람의 마음속에 고통이 있다는 것을 보여준다. 그리고 공감에 그치지 않고 보는 사람으로 하여금 인간의 보편적인 고통을 느끼게 하기도 한다. "인간의 고뇌와 슬픔을 아로새긴 부처님(등신불)이 한 분쯤 있는 것도 무방한 일" 또한 '나'의 고통에 대한 인식을 보여준다.

등신불이 '나'에게 인간이 고통이라는 계시를 주었다면 상기한 만적의 전설은 '나'로 하여금 해탈을 위한 도정에 있어서의 희생을 통한 평등심을 깨닫게 하였다. 인간의 고통에 대한 인식이 해탈을 추구하는 계기라면 희생을 통한 평등심에 대한 추구는 해탈에 이르는 데 좋은 방법이다. 이에 의하면 "액자구성을 통해 김동리가 궁극적으로 의도한 것은 불교적 깨달음에 있다."[144]는 것을 엿볼 수도 있다. 그리고 '나'의 '단지'와 만적의 '소신공양'은 몸을 희생하는 면에 있어서 같기도 하다. 이에 따르면 '나'와 만적은 궁극적으로 공통적인 인물이라고 할 수 있다. 다만 당나라 때 깨닫고 성불한 만적보다 현재의 '나'는 아직 그것을 깨닫지 못하고 있

---

143 위의 책, 88-89쪽.

144 김동석, 앞의 논문, 73쪽.

을 뿐이다. 그리고 만적이 불교에서 흔히 선양하는 모범적인 인물이라면 '나'는 현실적 인간의 느낌이 더 강하다. 따라서 원혜 대사의 화두는 '나'의 깨달음에 큰 영향을 끼칠 수 있는 행위라고 본다. 소설 마지막에 '나'의 깨달음 여부를 직접 제시하는 것 대신 "태허루에서 정오를 아뢰는 큰 북소리가 목어(木魚)와 함께 으르렁거리며 들려온다."고 결말을 맺고 있다. 불교를 상징한 "큰 북소리"와 "목어"가 "으르렁거리"는 것은 불교의 계시가 '나'의 공감을 불러일으킬 것에 대한 암시일 수도 있다.

2) 외물(外物)의 희생을 통한 평등심 추구

선충원의 소설 「관대한 왕자」에도 해탈을 위해 평등심을 추구하는 것이 드러나고 있다. 그러나 「등신불」처럼 자신의 몸, 생명을 희생하는 것이 아니라 보물, 아내, 자식을 비롯한 외부의 것을 희생하는 것을 통해 이를 이루고 있다. 그리고 「등신불」에서 만적의 단계별의 추구 과정보다 왕자의 추구 과정은 더 평면적이라 할 수 있다. 왜냐하면 왕자는 평등심을 추구하는 과정에서 신하의 반대, 강물의 가로막음, 처자식의 사랑 등 많은 장애에 부딪쳤음에도 불구하고, 처음부터 끝까지 모두 외물의 희생을 통해 그의 평등심을 실현해 나가고 있기 때문이다.

(1) 이튿날, 왕자는 사람을 보내 각종의 차로 국내의 모든 귀한 보물을 국고에서 전출하게 했다. 여러 가지 귀한 보물을 싣고 있는 다른 크기의 차들은 성문 옆과 번화한 거리에 정차하게 되었다. 그리고 누구든지 좋아하는 것에 상관없이, 가지고 싶다면 마음대로 골라 아무 말 하지 않아도 가져갈 수

있다.[145]

(2) "태자가 선행(善行)과 보시(布施)를 좋아하고, 다른 사람의 뜻을 어기지 않는다고 들었다. 내가 여기 온 이유는 다름이 아니라, 오직 내가 늙고 추악하여 아무도 시집오지 않아 아름답고 현숙한 금발만지(金髮曼坻)를 달라고 싶다. 태자의 뜻은 어떠냐?"

태자가 말하기를,

"좋다. 당신의 소망은 물거품이 되지 않을 거다. 그녀를 사랑한다면 데리고 가라. 당신이 기뻐할 수 있다면 나도 기쁘다!"

그녀는 때 마침 태자 옆에 있다. 말하기를,

"지금 나를 다른 사람에게 준다면 누가 당신을 돌보겠습니까?"

태자가 말하기를,

"당신을 다른 사람에게 주지 않으면 어떻게 평등하다고 할 수 있겠는가?"[146]

위 인용문 (1)에 의하면 왕자가 보시(布施)하는 것은 국고에 있는 보물, 즉 재물이고, 보시하는 대상은 "누구든지", 즉 모든 사람이다. 그리고 보물이 실리는 차를 세워둔 곳은 "성문 옆과 번화한 거리", 즉 사람이 가장 많은 곳이다. 이것을 통해서 왕자가 보시하고자 하는 진심을 엿볼 수가

---

145 沈從文,「慷慨的王子」,『沈從文小說全集 卷八: 月下小景·如蕤』, 앞의 책, 135-136쪽. 到第二天, 就派人用各種大小車輛, 把國內一切稀奇貴重寶物, 從庫藏中搬出, 這些大小不等的車輛, 裝滿了各樣珍寶以後, 皆停頓在城門邊同大街鬧市.不拘何人, 心愛何物, 若欲拿去, 皆可隨意挑選, 不必說話, 就可拿去.

146 위의 책, 148-149쪽. "常聞太子樂善好施, 不逆人意, 來此不爲別事, 只因我年老醜惡, 無人婚娶, 請把那美麗貞淑金髮曼坻與我, 不知太子意思如何!"太子說:"好, 你的希望, 不會落空.你旣愛她, 把她帶去, 你能快樂, 我也快樂!"金髮曼坻那時正在太子身旁, 就說:"今你把我送人, 誰再來服侍你?"太子說:"若不把你送人, 尙何成爲平等?"

있다. 그리고 "누구든지" "가지고 싶다면 마음대로 골라 아무 말 하지 않아도 가져갈 수 있다."는 것은 왕자의 평등심을 잘 보여준다. 재물은 '나'만의 것이 아니라 모든 사람의 것이 될 수 있다는 것이 왕자의 평등심에 대한 생각이기 때문이다. 왕자는 바로 재물을 희생하는 방식을 통해서 모든 사람의 욕망을 충족시켜 같이 해탈의 길로 가는 것이다.

위 인용문 (2)는 왕자가 남에게 아내를 양보하는 내용이다. 아내를 달라고 한 사람에게 왕자는 "당신이 기뻐할 수 있다면 나도 기쁘다."라고 했다. 이를 통해 왕자의 '남과 나'의 분별없는 평등심을 엿볼 수 있을 뿐만 아니라, 희생은 이기(利己)와 이타(利他)의 의미를 동시에 가지고 있다는 것도 보여준다. 한편, 왕자는 아내를 "다른 사람에게 주지 않으면" '평등'이란 것도 없다고 말한다. 즉 왕자는 사람과 재물을 똑같이 희생할 수 있는 것으로 여기고 있다. 여기서 사람과 재물을 동일시하여 여기는 것도 평등심의 표현이라 할 수 있다.

이러한 희생을 통한 평등심 추구는 선충원의 다른 소설에도 잘 드러난다. 「의사」에서 주인공 의사 나복(羅福)은 인류를 위한 희생, 짐승을 위한 희생 등 희생정신을 무척 숭상하는 인물이다. 왜냐하면 "희생은 생명으로 하여금 더 아름답게 할 수 있"기 때문이다. 이는 일반적인 의미에서의 희생을 통해 해탈에 도달하거나 좋은 업보(業報)를 받을 수 있는 현실적인 의미보다 한 단계 더 나아가 미(美)적인 의미도 있다. 의사 나복이 어떤 구슬을 꿰는 장인이 일을 하다가 손에 피가 난다는 것을 보고 딱하게 여기는 심정은 인간에 대한 평등심이라면, 왕의 구슬을 먹은 거위를 보호하기 위해 그 장인에게 맞아 죽을 뻔 한 것은 짐승을 위한 희생이라고 볼 수 있다. 그리고 이 희생 또한 평등심에 대한 추구이다. 비록 이러한 희생을 통해 평등심을 추구하는 과정은 매우 고통스럽지만 의사가 웃으면서 그 고통을 받아들였다는 것은 희생의 아름다움을 보여준다. 이러한 희생적 아름다움은 비장미(悲壯美)로 볼 수 있다. 그리고 이는 선충원 소설의 미학적 특징 중의 하나로서 매우 주목을 받는다. 한편, 소설에서 거위의 의외의 죽음으로 인해 의사의 희생은 한 가지의 수련 과정에 불과하게 되었다. 그러나 이러한 과정을 통해 그가 자신의 생명 가치와 희생을 통한 평등심에 대한 추구의 중요성을 인식하게 되었다. 이는 앞으로 그가 해탈을 추구하는 데 도움이 될 것이다.

「애욕」에서 두 형제와 그들의 아내가 서양 나라에 가는 힘든 여정 중에 사막을 만났다. 양식의 부족함으로 인해 형제 간 서로 상대방을 위해 자살하겠다는 논쟁이 나오게 된다. 상대방을 위해서 생각한다는 것은 앞에서 살펴본 '무아'의 사상과 일치한다. 그리고 여기서 '자살'로 나오고 있지만 실제로는 상대방을 위해 희생한다는 뜻이다. 즉 '나'의 죽음을 통해 상대방에게 사는 희망을 주는 것이다. 이는 희생을 통한 평등심으로 볼 수 있다. 그리고 결국 동생의 아내가 그들을 위해 자살했다.

"나는 당신들 옆에 있는데 폐만 끼쳤어요. 너무 미안해요. 지금 모든 먹을 것, 마실 것 다 떨어졌어요. 그러나 당신들의 중대한 일을 여기서 그만두면 너무 아쉽지 않겠어요? 당신 두 형제는 서로의 희생을 다 승낙 못하잖아요. 그리고 이렇게 힘든 상황에, 차라리 쓸데없는 나를 희생하는 것이 낫지요. 당신들을 이 사막에서 빠져나오게 하면 좋지요. 그래서 내가 이렇게 했지요. 사랑해요. 만약 당신도 나를 사랑하면, 내 말을 들으면, 당신 셋이서 이 목통에 있는 피를 식기 전에 빨리들 마셔요. 그리고 내 몸도 함께 드세요. 그리

고 계속 가요. 당신들 해야 할 일들을 마저 하고요. 나는 당신들의 힘이 될
수 있어 죽어도 기뻐할 거예요."[147]

동생의 아내가 자살할 때 남편에게 한 유언이다. 여기서 아내는 남편
을 비롯한 가족들에게 생(生)의 희망을 주기 위해 자신의 생명을 포기했
다. 이것을 통해서 아내의 희생을 통한 평등심을 엿볼 수 있다. 어려운
상황에서 아내가 다른 사람을 위해서 희생한다는 것은 그의 해탈을 위한
노력을 보여준다. 비록 앞에서 살펴본「호원사기」와 같이 이러한 희생에
도 남편에 대한 사적인 욕망이 포함되고 있지만, '나'를 포기하고 '무아'의
해탈에 이르는 것이 확실하다.

「한 농부의 이야기」에서도 이와 마찬가지로 삼촌과 조카가 나라의 백성
을 위해 국고의 보물을 훔친다는 내용과 삼촌이 조카를 위해 죽었다는 내
용이 나와 있다. 그리고 이를 통해 인간의 희생정신을 읽어낼 수 있다. 희
생을 통한 평등심에 대한 추구 면에서 상기한 다른 소설과 별 차이가 없다.

한편, 선충원 소설에도 희생을 통해 평등심을 적극적으로 실행하는 인
물이 있는 반면에 분별심이 강하지만 평등심으로 지향하는 인물이 있다.
「관대한 왕자」에서의 보석상인은 바로 이러한 인물이다.

한 눈에 봐도 그가 상대방의 분수를 잘 안다. 상대방이 세력(勢力)이 있는 사람

---

147 沈從文,「愛慾」,『沈從文小說全集 卷八: 月下小景·如蕤』, 앞의 책, 89쪽. "我跟在你們身邊, 麻煩了
你們, 覺得過意不去.如今旣然吃的喝的什麼都完了, 你們的大事中途而止豈不可惜? 我想你們弟兄
兩個旣然誰也不能讓誰犧牲, 事情又那麼艱難, 不如把無多用處的我犧牲了, 救你們離開這片沙漠
較好, 所以我就這樣作了.我愛你! 你若愛我, 願意聽我的話, 請把這木桶的血, 趁熱三人趕快喝了,
把我身體吃了, 繼續上路, 做完你們應做的事情.我能夠變成你們的力量, 我死了也很快樂."

이라면 그는 항상 예의바르게 대한다. 그러나 그보다 못한 사람이라면 그가 항상 상대방보다 더 현명한 척 행동한다. 그의 모습은 교양이 있는 사람이 보기에 아주 속되고 눈에 거슬리지만, 보통 사람이 보기엔 아주 영리하고 능력이 있다.

(중략)…여객 중 이 사람의 행위는 다른 사람보다 현명한 것 같다. 따라서 다른 사람과 이야기를 할 때도 자신의 고귀함을 잊지 못한다. 따라서 어떤 때는 그가 다른 사람과 각종 귀금속의 시세를 이야기할 때, 갑자기 상대방에게 이렇게 말할 때가 많다. "팔고채(八古寨)의 나으리가 딸을 시집보낼 때 3근 6냥 은으로 모든 장식품을 만들었다. 화관 족두리에 달린 그 큰 진주의 가격은 50냥이나 된다." 말을 끝내자 그가 항상 약간 걱정어린 작은 눈으로 상대방을 바라본다. 상대방은 이 일을 알고 있는지 확인하기 위해서다. 만약 상대방은 면사를 파는 장사꾼이나 점을 보는 나그네라면 이 일을 모를 리가 없고 그도 이 이야기를 계속할 수 있다. 그리고 만약 상대방이 팔고채의 장사는 이 보석 상인이 한 것임을 알았다면 반드시 즉시 예의 있게 대할 것이다. 그러면 할 말도 저절로 많아진다. 그러나 상대방이 사냥꾼이나 숯을 구운 사람이라면 평소에 동굴에다 연기를 그을리고 함정을 파거나 나무를 베고 산을 태우기만 하고, 그의 말의 뜻을 전혀 모를 것이다. 다른 신분, 다른 계급, 다른 관념, 그러면 이야기가 끝날 수밖에 없다.[148]

---

148 沈從文, 「慷慨的王子」, 『沈從文小說全集 卷八: 月下小景·如蕤』, 앞의 책, 132-133쪽. "一眼望去他知道對你的分寸, 有勢力的, 他常常極其客氣, 不如他的, 他在行動中做得出他比你高一等的樣子.他那神氣從一個有教養的人看來, 常常覺得儈俗刺眼, 但在一般人中, 他卻處處見得精明能幹.(中略)…在旅客中這個人的行業仿佛高出別人一等, 故雖同人談話, 卻仍然不忘記自己的尊貴, 因此有時正常他同人談論到各種貴重金屬的時價時, 會突然向人說道:"八古寨的總爺嫁女, 用三斤六兩銀子作成全副裝飾, 鳳冠上大珠值伍十兩".說完時, 便用那雙略帶一點愁容的小小眼睛, 瞅定對面那一個, 看他知不知道這回事情.對面若是一個花紗商人, 或一個飄鄉賣葡看相的, 這事當然無有不知的道理, 就不妨把話繼續討論下去.並且對面那個若明白了這筆生意就正是這珠寶商人包辦的, 必定即刻顯得客氣起來, 那自然話也就更多了.若果那一面是一個獵戶, 是一個燒炭人, 平時只知道熏洞裝阱, 伐樹燒山, 完全不明白他說話的用意, 那分明是兩種身分, 兩個階級, 兩樣觀念, 談話當然也就結束了."

위 인용문에 의하면 보석상인은 '상대방'이라 지칭되는 사람을 네 부류로 나누고 있다. '세력이 있는 사람'과 '그보다 못한 사람', 그리고 그와 '이야기를 계속 할 수 있는 사람'과 '이야기가 끝날 수밖에 없는 사람'이 그것이다. 그 중 '그보다 못한 사람' 상인보다 못한 사람이라는 뜻으로 세력이 없는 사람을 가리킨다. 즉 보석상인은 세력의 유무 여부와 이야기를 진행할 수 있는지 없는지의 여부에 따라서 '상대방'을 두 팀으로 나눈다. 그리고 이 두 팀은 각각 대립되는 관계로 드러나고 있다.

우선 첫째 팀, '세력이 있는 사람'과 '그보다 못한 사람'을 살펴보자. 여기서 '세력'의 기준은 '그'에 있다. 즉 보석상인은 자신의 신분을 기준으로 하여 '상대방'을 분별하고 있다. 그리고 보석상인의 이 두 분류의 사람에 대한 태도는 전혀 다르다. 하나는 "항상 예의바르게 대하는 것"이고 다른 하나는 "상대방보다 더 현명한 척 행동한다."는 것이다. 보석상인이 '세력이 있는 사람'에게 '예의바르게 대하'는 것은 그의 겸손이라기보다는 아부하기 위해서다. 왜냐하면 보석상인은 '속되고 눈에 거슬리는 사람'이기 때문이다. 그의 '속됨'은 물론 그의 이익을 추구하는 데에 드러난다. 항상 이익을 추구하는 상인에게 '세력이 있는 사람'은 그에게 있어 유용한 사람이다. 한편, 보석상인은 '그보다 못한 사람'을 무시하는 것이 아니라 그들에게 '더 현명한 척 행동'하고 있다. 그 목적은 그의 '아주 영리하고 능력이 있'는 면을 '상대방'에게 보여주기 위해서다. 이러한 행동 방식을 통해 보석상인은 '상대방'에게서 존경과 믿음을 얻을 수 있고 자부심을 세우는 동시에 자신의 보석을 더 팔 수 있는 기회를 얻고 있다. 즉 '세력' 여부에 따라 '상대방'을 나누는 보석상인은 자신과 자신의 이익에서 출발하고 있는 것이다.

이는 보석상인이 나눈 다른 분류, 그와 '이야기를 계속 할 수 있는 사람'과 '이야기가 끝날 수밖에 없는 사람'도 마찬가지다. 보석상인이 한 '팔고채(八古寨)'의 장사 이야기를 보면 여기서의 '이야기'는 보석상인이 좋아하는 장사의 이야기일 가능성이 높다. 그리고 이야기를 진행할 수 있는 여부는 '상대방'과 보석상인의 '신분', '계급', '관념'의 차이에 달려 있다. 소설에서 면사 상인이나 점쟁이가 보석상인과 같은 신분, 같은 계급, 같은 관념을 가지고 있다면 사냥꾼이나 숯을 굽는 사람은 정반대로 보석상인과 '다른 신분, 다른 계급, 다른 관념'을 가지고 있다. 물론 같은지 다른지 결정하는 기준은 보석상인 자신이 가지고 있는 '신분', '계급', '관념'에서 출발하고 있다. 즉 보석상인은 '나'를 중심으로 해서 '나'와 같은 '우리'와 '나'와 다른 '타자'를 구분하고 있다. 이러한 '나'를 중심으로 한 '상(相)'에 대한 구분은 비록 「등신불」의 '나'에게도 있지만 '나'의 잠재적인 평등심과 달리 보석 상인은 완전히 세속적인 사람임에 틀림없다. 그리고 「관대한 왕자」에서도 보석상인은 보시를 즐기는 왕자와 정반대로 한 인물로 나오고 있다. 이러한 대립을 통해서 왕자의 평등심은 더 돋보일 수 있다.

그러나 그럼에도 불구하고 이러한 보석상인의 이상형은 앞에서 살펴보았듯이 희생을 통한 평등심을 추구하는 왕자다. 이 '이상'은 크게 두 가지 측면에서 나타나고 있다. 하나는 보석상인이 자신의 이익을 위해 왕자 같은 인물이 필요한 데에 드러나 있고, 다른 하나는 정신적인 측면에서 왕자와 같은 희생적인 인물이 필요한 데에 있다. 즉 보석상인이 추구하고자 하는 것은 실제의 이익과 정신적인 측면에서의 만족이다. 앞에서 살펴본 바와 같이, 욕망을 충족시키는 것도 해탈에 이르기 위한 방법이다. 그러나 왕자가 나타나도 보석상인은 "거금을 벌" 수 있을 뿐 그의 욕망을 완전히 충족시키지 못한다. 보석상인의 왕자 이야기에 대한 동경은 그의 욕망의 불만족과 희생을 통한 평등심에 대한 바람이 있다는 것을 알려준다. 다만 이익을 잘 따지는 상인에게 그 희생을 통한 평등은 왕자를 비롯한 다른 인물에 있기를 바라는 것뿐이다. 한편, 소설의 결말에서 이익만 따지는 보석상인은 슬리퍼 하나를 "희생했다." 비록 이 희생은 보석상인이 자신의 체면을 위해 한 것이라 그 출발점이 매우 이기적이지 않을 수 없고, 진정한 의미에서의 희생을 통한 평등심이라고 하기도 힘들다. 그러나 어떤 특수상황에 처하게 되면 희생도 가능하다는 것을 보여준다. 즉 어떤 계기가 되면 보석상인과 같은 인물도 희생을 통한 평등심을 추구하게 될 것이라는 암시이다. 다만 「등신불」의 '나'와 달리, 보석상인은 아직 그러한 희생을 통한 평등심을 깨닫는 계기를 못 만났던 것이다.

2. 욕망으로 인한 평등심의 한계

제 1 절에서 살펴본 바와 같이 평등심에 대한 추구는 해탈을 달성하기 위해 좋은 방법이다. 그러나 현실 생활에서 평등심의 도달은 이성(理性)으로 이해할 수 있지만 실제로 행하기가 어려운 경우가 많다. 왜냐하면 현실 생활에서 모두 이성으로 해결할 수 있는 문제가 아니기 때문이다. 그리고 욕망은 비이성적이다. 따라서 평등심을 추구하는 과정에 여러 가지 한계가 있다. 이 장에서 바로 이러한 점을 출발점으로 삼아 김동리와

선충원의 소설에서 다룬 욕망으로 인한 평등심의 한계를 살펴보고자 한다.

1) 오성(悟性)을 결여한 평등심

평등심에 도달하는 한계는 「등신불」에서 만적의 소신공양 과정을 통해
짐작할 수 있다.

> 그때부터 만적은 화식(火食)을 끊고 말을 잃었다. 이듬해 봄까지 그가 먹
> 은 것은 하루에 깨 한 접시씩 뿐이었다(그때까지의 목욕재개는 말할 것도 없
> 다). (중략)…
>
> 기름에 결은 만적은 그때부터 한 달 동안(삼월 초하루까지) 단 위에서 움
> 직이지 않았다. 가부좌를 갠 채, 합장을 한 채, 숨쉬는 화석이 되어가고 있었
> 다. (중략)…
>
> 만적의 머리 위에 화관같이 씌워진 향로에서는 점점 더 많은 연기가 오르
> 기 시작했다. 이미 오랜 동안의 정진으로 말미암아 거의 화석이 되어가고 있
> 는 만적의 육신이지만, 불기운이 그의 숨골(정수리)을 뚫었을 때는 저절로
> 몸이 움칫해졌다. 그리하여 그때부터 눈에 보이지 않게 그이 고개와 등가슴
> 이 조금씩 앞으로 숙여져 갔다.
>
> 들기름에 결은 만적의 육신이 연기로 화하여 나가는 시간을 길었다.[149]

위 인용문은 만적의 소신공양에 대한 장면묘사이다. 이에 의하면 소
신공양의 과정은 쉽지 않다는 것을 알 수 있다. "화식(火食)을 끊고 말을

---

149 김동리, 「등신불」, 『김동리 문학전집13 등신불』, 앞의 책, 97-99쪽.

잃"은 것부터 "기름에 결"은 채 "한 달 동안 단 위에서 움직이지 않"는 것까지의 준비 과정이라든가, 불살랐을 때 "몸이 움칫"해지는 고통스러움이라든가 모두 이 과정의 어려움을 보여준다. 그러나 「법화경(法華經)」의 「약왕보살본사품(藥王菩薩本事品)」[150]에 나온 소신공양할 때의 기록은 이와 매우 다르다. 「약왕보살본사품」에서 "모든 꽃의 향유 마시기를 일천이백 년이 되도록 하였으며", "하늘의 보배옷으로 몸을 감고 모든 향유를 몸에 뿌리고 신통력의 서원으로 몸을 스스로 태우니, 그 밝은 광명이 팔십억 항하의 모래수와 같은 세계를 두루 비추었느니라"[151] 등 현세에서 거의 불가능한 일이 기록되고 있다. 비록 설화에도 소신공양의 긴 시간을 제시하고 있지만 "신통력"을 더 강조하고 있어 오히려 위대하고 평화스러운 느낌을 줄 수 있다. 그러나 같은 소신공양임에도 불구하고 「등신불」은 한 인간으로서의 어려움을 공양으로 대신하고 있다. 이를 통해 해탈로 향하는 길의 어려움을 보여주기도 하고 인간의 고통을 돋보이게도 한다. 그리고 이성으로 이해할 수 있음에도 불구하고 인간이 부처님처럼 위대하고 평화롭게 소신공양을 할 수 없다. 이는 인간이 욕망에서 철저히 벗어나지 못한 것을 보여주기도 한다. 이럴 때, 이성을 뛰어넘는 오성(悟性)은 불교적 구도 과정에서 더 필요하게 된다. 오성에 의해 진정한 불교적 깨달음을 얻어야 부처님처럼 모든 것을 평화롭게 받아들일 수 있

---

150 소신공양은 불교에서 흔히 볼 수 있는 설화이다. 「등신불」이 반드시 어떤 설화에서 근거하였다고 하기는 어렵다. 그러나 「약왕보살본사품(藥王菩薩本事品)」 등 설화에서 근거하였다는 논증이 있다. 서경수는 그의 논문에서 「등신불」의 불교적 배경을 설명할 때 다음과 같이 밝힌 바가 있다. "소신공양(燒身供養)은 이 법화경에 연유되어 있다. 어떤 양실(良實)의 청년이 몸을 태워 부처님에게 공양하였더니 그 공덕이 한량 없더라는 찬탄이 「약왕보살본사품(藥王菩薩本事品)」에는 가득 차 있다." 서경수, 앞의 논문, 70쪽 참조.

151 불사리탑,『법화경 妙法蓮華經』, 佛사리탑, 2001, 948-949쪽.

을 것이기 때문이다. 한편, 원혜 대사가 낸 '단지'의 화두는 '나'의 깨달음 여부와 관련된다. 불교, 특히 선종(禪宗)에서 「염화시중(拈花示衆)」과 같은 돈오(頓悟)가 강조되고 있다. 돈오는 이성으로 설명할 수 없는 어떤 계기를 통해 갑자기 깨닫는 것을 말하는 것이다. 이론적인 해석보다 이에 관련된 실제의 경험이 더 많다. 왜냐하면 이러한 초험(超驗)적인 것은 종교적인 신비스러운 색채를 많이 띠고 있어 과학적으로 설명하기 힘들기 때문이다. 앞에서 언급한 바와 같이, '단지'는 '소신공양'과 같은 것이다. 소신공양이 해탈로 가기 위한 힘든 과정이라면 단지에 대한 깨달음 또한 쉽지 않을 것이다. 이는 '나'의 불교적 인연에 따른 것이지 어떤 이성으로 도달할 수 없는 문제이다. 바로 이러한 신비스러움의 어려움과 인간의 욕망으로 인해 인간은 해탈에 도달하기가 힘들다는 것이다.

2) 이성(理性)적인 평등심

김동리의 「등신불」에 비해 선충원의 소설 「관대한 왕자」에서의 왕자는 지나친 이성적인 평등심을 추구하고 있다. 이러한 이성적인 평등심은 그가 스스로 상상하는 최고의 평등심으로 나오고 있다. 그러나 왕자가 평등심을 위해 모든 것을 다 바칠 수 있는 것은 현실에서 역효과를 일으킬 수도 있다. 따라서 이러한 평등심은 진정한 평등심이라고 보기 힘들다.

왕자는 평등을 추구하는 과정에서 나라를 지킬 수 있는 코끼리와 자기의 아내와 자식까지 희생하기도 한 인물이다. 그러나 여기서 주목할 만한 문제가 있다. 즉 이것이 진정한 평등심이라 할 수 있는가의 문제다.

"비록 코끼리는 아버지의 보물이라 함부로 남에게 줄 수 없지만, 나는 이전에 이미 사람에게 다 알려놓았다. 즉 이 나라의 왕의 사재(私財)라면 좋아하시는 대로 가져갈 수 있다는 것이다. 지금 이 여덟 사람은 이 코끼리 때문에 절름발이가 되어서 10년이나 유랑생활을 했다. 만약 이 코끼리를 선물해주지 않는다면 덕(德)이 아니고 마음도 부끄러워 할 것이다. 그래서 코끼리를 선물하기로 하니, 죄가 있어 벌을 받아도 상관없다."

(중략)…

엽파국의 신하는 왕자가 나라의 유일한 보물 코끼리를 적국에 주었다는 것을 듣고 모두 놀라고 두려워했다. 신하들은 즉시 궁문 앞에서 모여 이를 국왕에게 아뢰었다. 왕이 듣고 몹시 경악하고 어찌할 줄 모른다.

신하들은 왕 앞에서 이 일을 의논한다.

"국가의 존망이 이 한 마리의 코끼리에 달려 있다. 이 코끼리는 60마리의 큰 코끼리, 300마리의 작은 코끼리를 이길 수 있다. 태자는 관대하여 어리석음에 가깝다. 아무 생각도 없이 코끼리를 남 줬다. 코끼리를 잃은 이 나라가 태평한 날이 있을까 한다! 태자가 젊어서 상황을 파악하지 못할 수도 있지만 모든 것을 남에게 주어 국고까지 비어가고 있다. 지금 유일한 하얀 코끼리도 적국에 가게 되었다. 벌을 주지 않으면 전국은 이 한 사람 때문에 망할 수도 있다. 왕이 통찰하시면 이 도리를 아실 것이다."[152]

---

152 沈從文,「慷慨的王子」,『沈從文小說全集 卷八: 月下小景·如蕤』, 앞의 책, 138-139쪽. "象雖爸爸寶物, 不能隨便送人. 可是我旣先前業已告人, 百凡國王私財, 大家歡喜, 皆可任意攜取, 各隨己便. 如今八人皆爲這白象折足. 各處奔走, 漂泊十年, 也爲這象. 今若不把這象送給八人, 未免爲德不卒, 於心多愧. 把象送人, 縱有罪過, 必須受罰, 也不要緊!"…葉波國中大臣, 聽說太子業已把國中唯一寶象送給敵國, 皆極驚怖, 卽刻齊集宮門, 稟告國王. 國王聞稟, 也覺得十分驚愕, 不知所措. 大臣同在國王面前議論這事. "國家存亡全靠一象, 這象能敵六十大象, 三百小象. 太子慷慨, 近於糊塗, 不加思索, 把象與人, 國家失象以後, 從此恐不太平! 太子年紀太輕, 不知事故, 一切送人, 庫藏爲空, 惟一白象, 複爲敵有. 若不加以懲罰, 全國大位, 或將斷於一人. 國王明察, 應知此理."

위 인용문에서 엽파국의 코끼리의 중요성과 왕자가 그런 것에도 불구하고 코끼리를 적국의 사람에게 선물한 이유를 제시하고 있다. 그 이유는 오직 하나다. 즉 "평등"을 위해서이다. "왕의 사재라면, 좋아하는 사람이 있다면 전부 가져갈 수 있다."는 것은 왕자의 약속이다. 그리고 상대방의 절름발이와 10년의 유랑 생활을 딱히 여겨 "코끼리를 선물해 주지 않다면 덕(德)이 아니고 마음도 부끄러워 할 것이다."라고 생각하고 선물한 것이다. 비록 왕자는 상대방이 적국 사람인 것과 위장한 것을 모르는 상황에서 코끼리를 주었지만 그 성격은 '평등'을 추구하기 위한 행동이 틀림없다.

그러나 코끼리는 앞에서 살핀 국고의 보물과 달리, 엽파국의 운명을 좌우할 수 있는 보물이다. 그 코끼리 한 마리 때문에 엽파국이 "태평한 날이 없을" 거고 "망할 수도 있"기 때문이다. 왕과 신하들의 "경악"이나 "놀라고 두려워"함은 또한 여기서 비롯된다. 비록 이것을 통해서 왕과 신하의 적국과 엽파국에 대한 분별심도 엿볼 수 있지만 그들의 걱정은 엽파국 전 국민의 안전에 있다는 것이 분명하다. 이는 또한 그들의 평등심이라고 볼 수 있다. 이에 따르면 왕자가 개인의 평등심을 위해 희생한 행위는 오히려 엽파국의 전 국민이 위험에 빠지게 만들 수 있다. 이는 희생을 통한 평등심으로 추구하는 해탈의 목적과 다르다.

그리고 왕자 본인도 "코끼리는 아버지의 보물이라 함부로 남에게 줄 수 없다."는 것을 잘 알고 있다. 이는 소설에서 왕자는 처음에 코끼리를 선물할 것을 거절한다는 내용을 통해도 알 수 있다. "이 코끼리는 안 된다. 우리 아버지의 코끼리다. 왕이 자식을 사랑하는 만큼 코끼리를 사랑한다. 다른 사람에게 선물로 준다면 사리(事理)에 맞지 않는다. 왕의 허락 없이 이 코끼리는 아무나 줄 수 없다."[153] 이에 의하면 왕자도 이 코끼리가 "우리 아버지의" 것이고, 왕이 가장 아끼는 소중한 것인 줄 잘 알고 있음을 알 수 있다. 이는 왕자에게 있어 '분별심'이란 것이 분명히 존재하고 있다는 사실을 알게 한다. 그러나 그럼에도 불구하고 한 가지 평등을 위한 약속 때문에 왕자는 벌을 받을 줄 알면서도 코끼리를 상대방에게 주었다. 벌을 받는 것은 다른 사람을 위해서 희생한다는 것이고, 왕의 허락 없이 상대방의 소원을 만족시킨다는 것은 평등으로 분별심을 타파하는 것이다. 그러나 이처럼 평등을 위하여 무엇인가 일부러 하는 것도 분별심이라고 할 수 있다.

태자가 말하길, "나는 구하고 싶은 것이 망아(忘我)다. 망아만 할 수 있으면 사건에 대해서나, 사람에 대해서나 집착하지 않을 것이다. 죄라도 적게 지을 수 있다."

은사가 대답하길, "망아는 아주 쉽다. 그러나 방법을 찾아야 한다. 사건에 부딪칠 때 일부러 참거나 희생하려면, 아무리 오래 참아도, 큰 희생을 하여도, 망아가 아니다. 망아한 사람은 하늘을 따르고 도를 따르는 것이다. 모든 것을 인정하고, 모든 것이 평등하다. 태자의 공덕이 나쁘지 않으니 쉽게 정진을 할 수 있다."[154]

이 부분은 소설의 원전에 대한 개작이다. 원전에서는 왕자가 대승(大

---

153 위의 책, 138쪽. "這象可動不得, 是我爸爸的象, 國王愛象如愛兒女, 若遽送人, 事理不合, 不得國王許可, 這象不能隨便送人."

154 위의 책, 144쪽. 太子說: "鄙人所求, 想求忘我, 若能忘我, 對事便不固執, 人不固執, 或少罪過." 隱士說: "忘我容易, 但看方法, 遇事存心忍耐, 有意犧牲, 忍耐再久, 犧牲再大, 不爲忘我, 忘我之人, 順天體道, 承認一切, 大千平等, 太子功德不惡, 精進容易."

乘)을 구하고자 하자, 도인(道人)은 왕자의 공덕이 좋아 대승을 곧 얻을 수 있다고 대답했다. [155] 이러한 보시를 통해 득도한 이야기는 소설에 와서 많이 달라졌다. 위 인용문에 나온 태자가 추구하는 '망아(忘我)'는 말 그대로 나를 잊는다는 것이다. 나를 잊는다는 것은 '나'라는 가상(假相)을 인식하고 무아의 경지에 도달하기 위한 것을 의미하기도 한다. 물론 이 추구의 목적은 '사건이나 사람에 대해서 덜 집착하고 죄라도 적게 짓'기 위해서다. 그 의도는 좋기는 하지만 문제는 태자가 '일부러' 하고 있다는 점이다. 은사의 말을 따르면 망아의 방법은 "일부러 참거나 희생"하는 것이 아니라 "하늘을 따르고 도를 따르는 것이다." 그리고 그 구체적인 방법은 "모든 것을 인정하고, 모든 것이 평등하다."는 것에서 찾을 수 있다. 태자는 비록 평등을 추구하기 위해 모든 것을 보시하고 있고 그 "공덕이 나쁘지 않"지만 "일부러" "희생"하는 경향이 없지 않다. 바로 이 '일부러'가 태자로 하여금 해탈에 도달하지 못하게 하는 원인 중의 하나이다.

'망아'를 위해 왕자는 계속 희생을 한다. 그리고 희생은 다른 사람을 만족시킬 뿐만 아니라 왕자 본인에게도 좋은 보답을 한다. 왕자 본인이 온 국민의 존경을 받게 되고, 왕자의 자식이 태자비의 소원대로 제자리를 찾게 되고, 적국까지 왕자의 선행에 감동하여 두 나라가 화해하게 되었다는 것이 그것이다. 이는 희생을 통해 해탈에 다다를 수 있다는 가능성

---

[155] 도인은 물었다. 「무엇을 구하십니까.」 태자가 「나는 마하연(摩訶衍, 大乘)을 구하고자 합니다.」하자, 도인은 「공덕이 그만하니 오래지 않아 마하연을 얻을 것입니다. 태자님이 위없는 도를 얻으실 때 나는 신족(神足) 제一의 제자가 되겠습니다.」 도세법사(道世法師) 편, 『法苑珠林』 4, 앞의 책, 581쪽.

을 보여준다. 그러나 이 과정은 길고 험난할 수밖에 없다. 이 소설은 「등신불」과 달리, 끝까지 왕자의 성불한 성과를 보여주지 않고 있다. 이는 소설이 왕자의 보시로 결말을 맺는 것을 통해서 알 수 있다. 그리고 왕자는 신에게 "중생이 해탈을 할 수 있고, 생로병사의 고통이 없기를 바란다."는 소원을 빌기도 하였다. 그러나 신은 그 소원이 너무 커서 실현할 힘이 안 된다고 대답을 했다. 즉 원전에서 보시를 통해 성불했다는 결과[156]와 달리 소설에서는 현세에서의 해탈 실현의 어려움을 제시하고 있다. 즉 왕자도 만적과 같이 희생을 통한 평등심을 추구하고 있지만 왕자는 아직 해탈로 가는 과정에 있다. 인간으로서 희생을 실천가능하고 받아들이기가 쉽다고 생각할 수 있지만 이성으로 해결 못하는 부분 때문에 이것 역시 실행하기가 어렵다는 것을 보여준다.

한편, 왕자는 자신의 희생을 통해 평등심을 추구하는 과정에서 아내와 자식까지 남에게 주었다. 아주 귀한 아내와 자식까지 남에게 줄 수 있다는 것은 왕자의 대단한 평등심을 엿볼 수 있게 하지만 그는 아내의 뜻과 자식의 반대를 무시하고 이런 행동을 했다. 자신의 평등 이념 때문에 다른 사람을 희생시키는 것은 진정한 평등이라고 하기 힘들다. 왜냐하면 그의 출발점은 오직 자신의 이념, 즉 '나'에 대한 집착에 있기 때문이다.

그리고 이 소설에서 한 가지 더 주목할 만한 부분이 있다. 즉 보석상인이 왕자의 이야기를 하고 나서 이야기를 들은 사람은 모두 "동경"하고 "찬미(讚美)"했다. 이러한 동경과 찬미는 또한 그들의 왕자에 대한 숭

---

156 위의 책, 587쪽. 『태자는 이전보다 더 쉬지 않고 부지런히 보시하고 드디어 부처가 되었느니라.』 부처님은 아난에게 말씀하셨다. 『내가 전생에 행한 보시는 이상과 같느니라. 그런데 그 때의 그 수대나(須大拏) 태자는 바로 지금의 나요⋯』

상을 보여준다. 즉 그들의 마음에도 희생을 통한 평등심으로 해탈에 이르려는 동경이 있다는 것이다. 그러나 여관 밖에서 호랑이의 외침 소리를 듣고 나서 이 사람들 누구도 자신을 희생하지는 않았다. 즉 사람들이 왕자의 희생 행위를 칭찬하기는 하지만 그 전제는 다른 사람의 희생이고 자신과 아무 상관이 없을 때이다. 평등심에 대한 인식과 추구는 실행과 완전히 다르다는 것도 보여준다. 보석상인이 추구하고자 하는 이상이 그의 '해탈'이라면 현실의 욕망은 해탈에 이르는 길에서의 장애물이 될 수밖에 없다.

이에 의하면 희생을 통한 평등심에 대한 추구는 해탈에 도달할 수 있는 좋은 방법이기는 하지만 인간의 욕망의 비이성(非理性)으로 인해 성취하기 어려운 것이기도 하다. 김동리의 소설은 오성(悟性)의 결여를 통해 평등심의 한계를 보여주고 있다. 이와 달리 선충원은 지나친 이성으로 평등심을 추구하는 한계를 보여주고 있다. 오성(悟性)이 불교적 신비주의 색채를 띤다면 지나친 이성은 인간의 완벽주의를 보여준다. 불교에 대한 기대와 현세 인간의 아름다움은 이 두 작가 소설의 차이이자 두 작가가 추구하는 구도 소설의 특징이라 할 수 있다.

V

....

김동리와 선충원의 구도소설의
문학사적 의의

　김동리와 선충원의 소설 작품은 한·중 문학사에서 큰 의의를 지니고 있다. 이 책에서 논의한 그들의 구도소설은 또한 그 의의의 한 단면을 보여준다. 한 문학 작품의 의의는 흔히 문학적 의의, 미학적 의의, 사회적 의의 세 가지 측면에서 찾아볼 수 있다. 이 장에서는 바로 이 세 가지 측면에서 출발하여 김동리와 선충원의 구도소설의 문학사적 의의를 살펴보고자 한다.

　우선 문학 측면에서의 의의를 살펴보자. 김동리와 선충원의 구도소설은 인간성을 중심으로 한 순수문학의 자리를 확립하는 데 기여를 한 바가 있다. 그러나 이와 동시에 "역사와 현실을 벗어나고 있다는 점"에서 그들의 이러한 문학은 "반역사주의 문학"[157]이나 "반동"문학의 비판을 받

---

[157] 권영민, 앞의 책, 492쪽.

기도 한다.

근·현대에 들어와 서양사상의 영향으로 인간성을 중심으로 다루는 소설은 대량으로 등장한다. 문학의 정치적인 기능을 배제하고 문학 자체의 매력을 추구하는 순수문학도 문학사에서 커다란 지위를 차지하고 있다. 본고에서 논의하는 김동리와 선충원은 바로 이러한 인간성을 중심으로 한 순수문학을 창작한 대표작가라고 할 수 있다.

인간성이라는 것은 우선 그들의 소설에 형상화된 인간의 모습에서 확인할 수 있다. 김동리와 선충원의 구도소설에 등장하는 인물은 모두 평범한 사람이다. 이러한 일반적인 인물은 인간으로서의 본성을 제대로 표현하는 데서 나타나기도 하고, 불교설화 원전에서 주인공의 신격(神格)을 많이 제거하는 데서 드러나기도 한다.

불교는 자기 자신의 구체적인 문제 해결에 더 치중한다.[158] 비록 '무아(無我)'론 때문에 '자기 자신'이라는 것은 불교에서 그저 '가아(假我)'의 상(相)에 불과하다고 하지만 불교의 초점은 늘 인간에 있다는 것은 분명하다. 왜냐하면 불교에서 주목하는 고통도, 고통의 원인도, 고통에서 벗어나려는 방법도, 다다르려는 해탈도 모두 인간을 둘러싸고 있기 때문이다. 그리고 불경의 기록을 보면 비록 부처님의 화신으로 나온 기록이 많지만 부처님 자신도 인간이었음에도 성불했다는 것을 고려하면 그 이야기가 모두 인간에 관한 것임을 알 수 있다. 따라서 두 작가의 소설에 나타난 인물의 인간성은 불교를 통해 인물의 본성을 제대로 표현하는 데서 찾을 수 있다. 상기한 바와 같이 욕망은 인간의 본성이 될 만큼 중요

---

[158] 조수동, 『불교철학의 본질』, 이문출판사, 1996, 29쪽.

하다. 사실 불교에서는 욕망 그 자체가 좋고 나쁘게 평가하지는 않는다고 한다. 그러나 사람이 하는 행동에 따라 그 성격이 다를 수 있다. 그리고 그 좋고 나쁨에 따라 선업(善業)이나 악업(惡業)을 형성하고 고통이나 해탈을 지향하는 인과(因果)가 된다. 소설 분석에서 밝혔듯이, 「불화」, 「미륵랑」 등 작품에서 주인공의 실연 때문에 고통에 빠지는 것, 「톺아보기」, 「애욕」에서 주인공이 외부의 유혹 때문에 욕심이 생겨 더 이상 행복하지 않은 것, 「원왕생가」와 「선타」에서 남자가 여자 때문에 감각적 욕망이 발현되어 악행까지 하는 것, 「등신불」과 「관대한 왕자」에서의 이기심 등이 욕망의 악한 표현이고 인간성의 악한 본성이라면, 그 반대로 주인공들이 여러 가지 방법과 수단을 통해 고통에서 벗어나려고 노력하는 모습과 평등심으로 무아(無我)의 경지를 추구하는 모습 등은 욕망의 착한 표현이고 인간성의 착한 본성이라 할 수 있다. 그리고 어떤 본성이든 인간의 진정한 모습을 그대로 보여준다. 즉 인간은 그 자체가 고통스러운 것이고, 인간은 그 고통을 궁극적으로 해결하고자 늘 노력하는 존재이다. 이는 또한 붓다의 가르침이다.

한편, 김동리와 선충원의 구도소설에는 불교설화에 대한 개작 소설이 많이 있다. 그러나 설화에서 주인공들이 가진 신통력이 소설에 와서는 모두 사라지게 되었다. 본론에서 살핀 김동리의 「원왕생가」 같은 경우는 원전 「삼국유사 · 광덕엄장조」에서 광덕의 아내가 관세음보살 십구응신의 하나라고 보는 것과는 달리 「원왕생가」에서는 광덕의 아내 연하는 물론, 광덕과 엄장 또한 열심히 불도를 닦는 사미로 등장하고 있다. 한편, 앞에서 살펴본 소신공양의 이야기에서도, 현세에서 거의 불가능한 신성스러운 기록에 비해 「등신불」의 만적은 오직 한 인간으로서 가능한 공양으로 그 과정을 보여주었다. 선충원의 소설 중 이를 잘 반영하는 작품으로는 「선타」를 들 수 있다. 비록 원전에서 선인이 가지고 있는 신통력은 소설에 와서도 그대로 유지되고 있지만, 선인이 바로 부처라는 결말[159]이 삭제되거나 선인이 사랑을 위해 수행을 포기하는 것 등을 통해 선인이 신이 아니라 한 인간으로서의 모습을 보여준다. 「관대한 왕자」에서도 설화에서의 성불한 왕자에 비해 소설의 왕자는 계속 열심히 노력하는 도중의 모습을 보여주고 있어 보다 더 현실적이고 인간답다. 이는 바로 신본주의에서 벗어나 인본주의를 내세우는 것이다.

김동리와 선충원은 바로 이러한 인간성을 중심으로 한 순수문학적 주장을 내세우고 있다. 김동리는 그의 「순수문학의 진의」라는 논설에서 "순수문학이란 한마디로 말하면 문학정신의 본령정계(本領正系)의 문학이다. 문학정신의 본령이면 물론 인간성 옹호에 있으며 인간성 옹호가 요청되는 것은 개성 향유를 전제한 인간성의 창조 의식이 신장되는 때이니만치 순수 문학의 본질은 언제나 휴머니즘이 기조(基調)되는 것이다."[160]고 밝히고 있다. 그리고 그는 공리주의 문학이나 정치주의 문학을 배격하면서 "시대와 사회를 초월하여 인간이 영원히 가지지 않을 수 없는 인간의 가장 보편적이요 근본적인 문제에 대한 고도의 해석이나 비평—이것이 문학에 있어서의 참된 사상성, 다시 말하면 문학적 사상의 주체가 되는 것

---

159 원전에서 다음과 같이 기록하고 있다. "부처님은 이어 비구들에게 말씀하셨다. 그 때의 그 —각 선인은 바로 지금의 이 나요, 그 음녀는 지금의 저 야수타라(耶輸陀羅)다." 도세법사(道世法師) 편, 『法苑珠林』4, 앞의 책, 366쪽 참조.

160 김동리, 「순수문학의 진의」, 『김동리 문학전집 32 문학과 인간』, 계간문예, 2013, 94쪽.

이다."[161]고 서술하였다. 한편, 선충원도 인간성을 중시하면서 문학의 독립성을 강조하고 있다. 인간성은 선충원의 문학 종묘에서 항상 '모시는 분'이라면 문학의 독립성은 문학의 정치화와 상업화를 배격[162]하고 자유롭게 발전한다는 것을 의미한다. 이에 의하면 김동리와 선충원은 문학의 정치성, 공리성을 배격하고 인간성을 옹호하는 순수문학을 주장하였다는 데에서 일치하고 있다. 그들의 소설은 한·중 30년대 문단의 다른 유파, 즉 계급소설, 항일소설[163], 대중소설 등 정치성이나 상업성이 강한 소설과 커다란 차이가 있다. 본고에서 논의하는 구도소설은 순수문학의 대표작이라 할 수 있다.

그러나 1935년 소설 작품을 발표하기 시작한 김동리와 20년대 문학 활동을 시작한 선충원에게 다른 점도 있다. 문학사를 검토할 때, 김동리의 인간성을 중심으로 한 순수문학이 모더니즘 문학의 대표로 한국의 새로운 문학 형식을 확립하는 데 일조했다면, 선충원의 문학은 과거를 계승하여 미래를 여는 역할을 담당하였다. 비록 근대에 들어와서 서양의

---

161 구창환,「김동리의 문학세계」,『東里文學이 韓國文學에 미친 영향』, 앞의 책, 16쪽.

162 30년대의 중국 문단에서, 국민당이 파시즘 문예 정책을 내세우면서 언론과 출판 자유를 말살하고 소위의 민족주의문학운동을 지지하는 한편, 좌익문학은 당시의 정치운동과 어울려 많은 작품으로 하여금 도식화와 정치를 도해하는 식으로 타락하게 하였다. 이러한 상황에서 자유주의 지식인으로서의 선충원은 문학의 공리적 목적을 추구하는 모든 활동을 철저히 배척하고 불안한 사회에서 문학의 순수성과 엄숙성을 유지하자는 주장을 내세웠다. 한편, 선충원은 문학의 정치화 경향을 반대할 뿐만 아니라 문학의 상업화도 강렬히 비판하고 있다. 그는 당시 소위의 '명사의 재치(名土才情)'와 '상업경매'가 결합된 해파문학(海派文學)을 신랄하게 풍자했다. 그리고 그는 1927년 이후 "전국적으로의 문학 운동은 문학으로 하여금 그가 가져야 할 독립성을 잃게 한다. 이쪽에서 '상업적 지배'를 받지 않으면 저쪽에서 반드시 '정치적 부속물'이 될 것이다."고 밝힌 적이 있다. 文學武,「論沈從文的文學批評觀」,『江淮論壇』第2期, 2000, 94-95쪽 참조.

163 1937년 일본이 중국을 침략한 후에 중국에서 항일문학이 많이 등장했다. 그러나 이와 반대로 한국 같은 경우는 1930년대 일본이 내선일체론을 내세우고 군국주의적 체제를 강화하였다. 1935년 조선프로예맹의 강제 해체 이후 비록 현실 비판, 계몽을 시도하는 소설 등 등장하였으나 중국과 같이 공식적인 항일문학이 형성되지는 않았다. 권영민, 앞의 책, 439-441쪽 참조.

문예 사조 등의 영향으로 동양의 문단에서도 '사람'이라는 것을 더 중시하게 되었다. 한국의 3 · 1 운동 후『창조』,『폐허』,『백조』등의 시적 유파가 순수문학을 제창하기도 했다. 그러나 소설 면에서 보면 1935년까지 계몽문학, 신경향파문학, 카프 문학이 그 주류를 차지하였다. 1935년은 한국문학의 중요한 전환점으로 볼 수 있다. 왜냐하면 "한국문학은 1930년대 중반부터 일본의 군국주의가 강화되고 문학에 대한 사상적 탄압이 자행되는 과정 속에서 새로운 변화를 맞이하고 있"기 때문이다. 그리고 그 새로움이 "조선프로예맹의 강제 해체에 따른 집단적 이념 추구의 경향이 사라지고, 개인적 정서에 기초한 문학의 다양한 경향이 뚜렷하게 등장하고 있다."는 특징으로 나타난다.[164] 이에 따르면 일본의 강압 정책은 한국문학의 전환, 즉 계급문학의 붕괴와 리얼리즘의 퇴조, 한국의 새로운 문학 경향인 모더니즘 문학의 등장, 그리고 카프 해체 직후에 대두된 휴머니즘, 일본의 내선일체론과 대립하는 전통론에 대한 관심 등을 불러일으키는 중요한 원인이다. 김동리는 바로 이러한 대세를 타서 데뷔한 작가이다. 김동리는 휴머니즘, 전통적 지향성의 문학을 표방하는 작가이다. 그가 주장하는 순수문학은 30년대 당시뿐만 아니라 지금까지도 한국 문단의 주류의 한 자리를 지키고 있다.

이와 달리 중국에서 '인간'에 대한 중시는 오사문학(五四文學)으로 거슬러 올라갈 수 있다. 오사문학의 근본 사상은 '인간성'의 발현에 있다. 서양문학은 중국문학에 있어 '인간'에 대한 발현을 하게하고, 오사문학으

---

[164] 위의 책, 439~440쪽 참조.

로 하여금 '사람'을 어떻게 표현하는지를 깨우치게 하였다.[165] 주작인(周作人)은 일찍부터「사람의 문학(人的文學)」을 내세워 문학이 반영하여야 할 내용에 대해 논술하였다. 즉 '비인간적인 문학'을 반대하고 '인간의 문학'을 제창한 것이다.[166] '인간'에 대한 주목 면에서 보면, 선충원의 소설은 오사문학을 계승한 것이 분명하다. 그리고 20년대 유명한 향토소설[167]은 선충원의 창작과 일치하는 면이 많다. 따라서 선충원의 창작은 중국 문학사에서의 새로운 창작이 아니다. 그러나 그의 순수문학은 문학사에 커다란 영향을 미쳤다. 중국의 좌연(左聯)은 비록 1936년에 해체되었지만 이어서 형성된 문예계항일통일전선(文藝界抗日統一戰線) 역시 정치적 입장에서 문학 활동을 진행한 것이다.[168] 즉 30년대의 중국은 정치와 결합하여 문학을 창작하는 경향이 주류 중의 하나였다고 할 수 있다. 그러나 그럼에도 불구하고 선충원을 비롯한 여러 작가는 여전히 독립적이고 자유로운 문학의 주장을 내세워 30년대 중국 문학의 다원화를 이루는 데 큰

---

165 朱棟霖 외, 앞의 책, 29쪽.

166 위의 책, 30쪽 참조.

167 중국 현대 소설사에서 가장 일찍 유파 스타일을 드러낸 소설은 향토소설이다. 1923년쯤 루쉰 소설의 영향으로 문학연구회와 미명사(未名社), 어사사(語絲社)의 청년 작가들은 향토소설을 창작하기 시작한다. 향토소설의 유행은 사실과 작가의 '인생을 위하여' 하는 문학 관념을 전제로 하여, 자신이 잘 알고 있는 생활을 쓰는 것이다. 이들 시골에서 오고 북경이나 상해 등 도시에서 사는 작가들은 현대문명과 종법제(宗法制) 시골의 차이를 목격하면서, 루쉰의 국민성을 개조하는 사상의 영향으로, 고향과 어린 시절의 추억을 가지고 향수의 필치로 "시골의 사생과 흙의 냄새를 종이에다 옮긴다." 향토소설의 굳세고 청신하고 순박함은 문학계에 새로운 힘을 부여해 주었다. 그리고 각지의 풍속에 대한 기록과 묘사가 있기 때문에 선명한 지방 색채를 띠고 있다. 그리고 전체적으로 소중한 본토화 추구를 드러내고 있다. 위의 책, 41쪽.

168 좌연(左聯)은 중국좌익작가연맹(中國左翼作家聯盟)의 약칭이다. 1930년 3월 2일에 중국 상해에서 중국 공산당의 지도 하 성립되었다가 1936년 3월에 해체되었다. 같은 해 '국방문학(國防文學)'과 '민족혁명전쟁의 대중문학(民族革命戰爭的大衆文學)' 두 가지 슬로건 사이에 격렬한 논쟁을 일으켰다. 그러나 비록 이 두 가지 슬로건은 차이가 있지만 그 실질은 전부 문학에서의 항일통일전선을 지향하고 있다. 程光煒 외, 『中國現代文學史下編(1937~1949年)』, 秀威出版, 2010, 4쪽.

기여를 하였다. 따라서 김동리는 당시 한국 문학의 주된 목소리를 낸 반면에 선충원은 문학의 독립된 성격을 지키고 독특한 세계를 펼쳐 30년대 중국의 문학에 빛을 더했다. 지금도 상서 세계라면 선충원을 들 수밖에 없다. 그리고 그가 주장한 인간성을 중심으로 한 순수문학은 문학에 대한 이해와 중국 후대 문학의 발전에 중요한 영향을 끼쳤다.

그러나 그럼에도 불구하고 이러한 김동리와 선충원의 순수문학은 비판받기도 한다. 비판은 주로 그들의 "반역사"와 "반동"[169]에 집중하고 있다. 김동리의 소설의 신화적인 공간에 대한 형상화는 비록 "일본의 식민지 지배에 의해 왜곡된 근대화로부터 벗어나"는 데 의미가 있지만 "역동적인 현실"을 반영하지 못하고 있는 것이 사실이다.[170] 본고에서 다룬 「미륵랑」, 「원왕생가」등 작품을 통해서는 어떤 구체적인 시대상을 말하기가 어렵다. 그래서 소설을 통해서 당시의 시대적 특징을 파악하는 데에 어려울 수밖에 없다. 역사와 현실에서 벗어나려는 김동리의 작품에 비해 중국 항일전쟁 때 선충원은 "문학은 전쟁 홍보"의 관점을 비판하면서 "문학은 상업화와 정치화에서 벗어나야 한다."는 주장을 내세웠다.[171] 그의 이러한 "작가가 정치를 하는 것을 반대한다."[172]는 태도는 당시 항일문학을 적극적으로 진행하는 중국 문단의 주류와 상반된다. 따라서 그의 작품에서도 중국의 시대적 상황과 특징을 읽어내기가 어렵다.

---

169 곽말약은 1948년에 발표한 「반동문예를 배척한다(斥反動文藝)」라는 글에서 선충원을 반동파를 위해서 활동하는 반동작가(反動作家)라고 보고 있다. 郭沫若, 「斥反動文藝」, 『大衆文藝叢刊』 第1輯, 香港生活書店出版, 1948.

170 권영민, 앞의 책, 492쪽 참조.

171 程光煒 외, 앞의 책, 5-6쪽 참조.

172 위의 책, 6쪽.

여기 한 가지 더 언급해야 하는 것은 두 작가의 소설은 불교설화에 대한 수용을 통해서 개작 소설을 발전시켰다는 데 의의가 있다. 한·중 현대문학사를 보면 설화에서 소설로, 한 소설에서 다른 소설로 개작하는 경우가 많다. 한국에서 이광수, 김동리, 최인훈 등이 이러한 개작의 대표적인 작가라면 중국에서는 루쉰, 선충원, 왕정치(汪曾祺) 등을 들 수 있다. 그러나 개작 중에 불교설화를 바탕으로 한 현대소설은 그다지 많은 비중을 차지하지 않고 있다. 한국에서 김동리 외에 이광수의 「꿈」, 강경애의 「인간문제」, 김남일의 「조금은 특별한 풍경」, 신경숙의 「부석사」[173] 등을 그 예로 들 수 있다. 그러나 이와 달리 중국에서는 불경 이야기를 모티프로 한 김용(金庸, 홍콩)의 무협소설들, 소려홍(蕭麗紅, 대만)의 「백수호춘몽(白水湖春夢)」, 불교소재로 한 진약희(陳若曦, 대만)의 「혜심련(慧心蓮)」, 「무릉도원 되돌아가기(重返桃花源)」등이 있지만 대륙에서 선충원의 소설 외에 불교설화를 개작한 유명한 현대 소설은 거의 없다. 즉 불교설화에 대한 개작 측면에서 보면, 김동리는 한국 개작 소설의 발전에 한 몫을 하였고, 선충원은 불교설화의 수용을 통해서 중국 현대 개작 소설의 새로운 장을 열었다고 할 수 있다.

그리고 개작의 형식에 있어서 김동리와 선충원은 다양한 수법을 활용했다. 비록 두 작가는 다른 개작 소설가와 같이 "다양한 에피소드의 삽입, 대화나 묘사의 다양화, 작중인물의 과거사 소개, 다양한 갈등 구조의 생성, 서사적 논리에 따른 사건 전개 순서의 변화" 등을 통해 "작품의

---

[173] 정호웅, 앞의 논문.

분량이 늘"리기도 하였지만[174] 보다 특별한 개작 수법도 사용했다. 액자구조의 사용이 바로 그 대표적인 것이라 할 수 있다. 액자구조는 다양한 시점을 통해 독자에게 생생한 이야기를 전달할 수 있다. 뿐만 아니라 액자구조를 통해 작가가 표현하고자 하는 뜻을 우회적으로 보여줄 수 있어 한·중 양국의 부정적인 근·현대 사회의 현실을 더욱 뚜렷이 나타낼 수 있다. 본고에서 논의한 김동리의 「원왕생가」, 「등신불」, 그리고 선충원의 「톺아보기」, 「선타」, 「관대한 왕자」는 모두 이러한 액자구조로 되어 있다. 이들 작품에 나타난 1인칭과 3인칭 시점의 혼용, 외부 이야기와 내부 이야기의 대립과 통일 등 특별한 표현 형식은 개작소설의 발전에 힘이 될 수 있다. 이외에, 김동리 소설에 나타난 도치의 수법, 꿈의 설정, 그리고 선충원 소설에 사용되는 반복법, 층층추진식 구조, 시점의 혼용 등은 각자의 특색이라고도 할 수 있다. 이러한 글쓰기의 수법은 김동리와 선충원의 소설을 더욱 생생하게 할 수 있을 뿐만 아니라 한·중 현대 문학의 개작에 일정한 형식 측면의 참조를 제공해 주었다. 그러나 개작이라고 하더라도 원작의 틀에 크게 벗어나지 못한 것은 김동리와 선충원의 소설의 단점이라고도 볼 수 있다. 왜냐하면 이러한 개작을 통해서도 현 시대가 원하는 현대적 정신을 읽어내기가 어렵기 때문이다. 특히 형식 면에 있어서 선충원 소설에 불경의 이야기를 그대로 현대 중국어로 번역한 경우가 있어 현대의 심미(審美)에 더 부합할 수는 있지만 문학적인 측면에서 보면 큰 의미가 없다고 본다.

　　그 다음으로, 김동리와 선충원의 구도소설의 미학적 의의를 살펴보자.

---

174 최병우, 「〈범바위〉의 개작 양상과 그 의미」, 『한중인문학연구』 17, 한중인문학회, 2006, 160쪽 참조.

앞에서 언급한 바와 같이 '해탈'은 인간 누구나 추구하고자 하는 바람이다. 두 작가의 구도소설은 바로 이러한 사람의 '감정이입(感情移入)'의 대상이 될 수 있다. 두 작가의 소설은 인간의 고통, 고통을 일으키는 원인인 욕망, 그리고 다양한 구도 방법을 다루고 있다. 이는 해탈에 이르려는 인간이 누구나 겪을 수 있는 보편적인 문제들이다. 왜냐하면 고통은 인생의 본질이고 욕망은 끊임없기 때문이다. 인류 역사가 시작될 때부터 사람들은 욕망으로 인해 고통을 겪고, 그 고통에서 벗어나기 위해 외적 수행의 추구, 사랑의 추구, 동정, 심지어 희생을 통한 평등심에 대한 추구 등 다양한 방식으로 자신의 해탈을 이루려 해 왔다. 따라서 두 작가의 이러한 구도소설은 사람의 공감을 쉽게 불러일으킬 수 있을 것이다.

한편, 김동리와 선충원의 구도소설은 이처럼 보편적인 것을 다루고 있으면서도 각각 다른 특징을 지니기도 한다. 우선, 고통을 형상화할 때 김동리는 항상 "오뇌, 비원"을 비롯한 인간의 고통스러운 모습을 보여준다. 소설의 주인공들이 고통에서 벗어나지 못하거나 죽음을 택하는 것은 바로 이 때문이다. 이러한 고통이나 죽음은 비극의 기초라 할 수 있다. 그러나 소설의 주인공은 비참해 하기보다 고통에서 벗어나려는 노력을 계속해서 보여준다. 만적이 행하는 소신공양은 두말할 것 없이 숭고한 희생정신을 보여준다. 따라서 이러한 비극은 오히려 아름다움을 전달한다. 따라서 김동리의 구도소설에서는 비장미(悲壯美)를 읽을 수 있다. 선충원의 구도소설에서도 물론 이러한 비장미를 찾을 수 있다. 그러나 이것보다 완벽한 삶, 절세미인, 이상향, 남 부러워할 사랑 등 현실의 이상적 아름다움도 더 많이 볼 수 있다. 비장미보다 이러한 현실의 이상적 아름다움은 사람에게 감동을 덜 줄 수 있지만, 사람의 끊임없는 욕망에 어울릴 수 있다는 면에서 보면, 이러한 아름다움의 존재 가치는 분명히 있다. 이러한 사랑과 아름다움은 선충원의 미학관인 '신성(神性)'을 그대로 반영한 것이라 할 수 있다.[175]

뿐만 아니라 김동리와 선충원의 구도소설은 각각 신비주의와 사실주의의 특징을 띠고 있다. 그 중 김동리의 소설은 불교의 초험(超驗)적인 것에 대한 기대와 인간의 현실적 경험에 의해 인생의 고통에서 벗어나려는 모습을 다루고 있다. 이는 현실 생활에서 보편적인 의미를 띠는 소재라 할 수 있다. 인간은 한계가 있다. 현실 경험에 의해 인식할 수 없고 해결하지 못한 것이 있다면 사람들은 흔히 현실 이외의 범주에서 그 답을 찾게 되어 있다. 이것이 바로 종교가 존재하는 이유이다. 종교는 인간의 현실 경험을 초월한 범주에 닿아 있기 때문이다. 현실 생활에서 무상(無常), 인과(因果) 등의 고통은 사람의 현실적 경험을 통해 영원히 해결할 수 없는 것들이다. 이는 고통의 영원성을 형성하는 원인 중의 하나이기도 하다. 따라서 초험적인 종교가 필요하다. 왜냐하면 현실적 경험으로 해결하지 못한 것을 사람은 흔히 초월 세계에 대한 동경에 의해 해결하려고 하기 때문이다. 종교의 신비스러운 힘은 신화처럼 사람들에게 상상의 공간과 희망을 준다. 이를 통해서 종교의 신비주의를 느낄 수도 있다. 그러나 그럼에도 불구하고 종교는 일반적으로 인간의 욕망을 제한한다. 이는 인간의 현실적 추구와 충돌이 될 수 있다. 성불한 성인(聖人)에 비해 종교 신앙이 있거나 종교에 대한 동경을 품고 있으나 여전히 세속적인 욕망을

---

175 인생 형식의 극치(極致)는 바로 '신성(神性)'이다. 선충원의 미학관에서 '신성'은 바로 사랑과 아름다움의 결합이다. 이는 범신론(泛神論)적인 색채를 띤 미학적 관점이다. 朱棟霖 외, 앞의 책, 211쪽 참조.

지닌 평범한 사람은 구도하는 과정에서 흔히 종교와 현실 사이에서 균형점을 찾으려고 노력한다. 이것이 바로 김동리 소설이 불교와 현세를 동시에 주목하는 원인이라고 할 수 있다.

그러나 이에 비해 선충원의 소설은 종교의 초험적인 부분에 대한 기대를 제거하고 인간의 현실적 경험을 통해 해탈에 이르려는 경향이 있다. 소설에서 제시하는 인간의 문제를 인간이 해결할 수 있다는 것은 현실 세계에 대한 주목이면서도 인간이 지닌 힘의 아름다움을 보여주는 것이다. 사람은 '사람의 힘으로 운명을 극복할 수 있다.'고 믿는 것과 같이 인간 자체에 대한 믿음도 있다는 것이다. 이는 또한 선충원의 휴머니즘 사상을 엿볼 수 있는 부분이다. 그러나 선충원은 현실에 초점을 두지만 그의 작품은 리얼리즘이 아니라 강한 낭만주의 색채를 띠고 있다. 상기한 완벽함을 비롯한 아름다움은 바로 이것의 입증이라 할 수 있다. 현실 생활에서 보기 힘든 아름다움은 선충원의 소설에 자주 등장한다. 이는 또한 선충원 소설의 낭만주의라 볼 수 있다. 그러나 낭만주의는 현세 사람의 입장에서 바라보는 아름다운 미래에 대한 동경이다. 이는 아울러 선충원이 상상하는 이상적 경지이기도 하다. 이 점이 바로 김동리 소설에 나타난 불교적 신비주의와의 차이점이다.

마지막으로, 사회 측면에서의 의의를 보면 김동리와 선충원의 구도소설은 사람에게 인생의 삶에 대한 계시를 주는 동시에 국가와 민족의 정신을 높이는 데 이바지했다. 본고에서 논의한 김동리와 선충원의 소설은 불교적 요소를 많이 수용한 것들이다. 앞에서 언급한 바와 같이 불교는 인생의 고통과 고통의 원인을 제시하고, 그 고통에서 벗어나는 방법을 가르쳐 사람으로 하여금 해탈의 경지에 다다르게 하는 데 주로 힘을 썼다. 비록 현세에 대한 부정적 인식을 가지고 있지만 인생의 삶이 어떤 것인지, 어떻게 살아갈 것인지 등에 대해 사람에게 커다란 게시를 준다. 이러한 면이 김동리와 선충원이 탐구하는 인생의 삶과 일치한다. 불교는 두 작가의 중요한 사상이 될 수 있고, 구도소설을 구성하는 중요한 요소가 될 수 있다는 이유가 또한 여기에서 비롯된다고 할 수 있다. 앞에서 살펴보았듯이 김동리의 소설에는 인간의 고통이 잘 다뤄지고 있다. 실연에 빠져 슬퍼하는 재호, 감각적 욕망에 빠져 악행까지 한 엄장, 고통을 겪고 괴로운 모습으로 성불한 만적 스님 등 "인간번뇌의 조상(彫像)"[176]이 바로 그것이다. 선충원의 소설도 마찬가지다. 모든 것을 가졌음에도 불구하고 외부의 새로운 것을 보고 더 이상 행복하지 않게 된 청년, 죽음을 앞두고 고민하는 사람 등을 그 예로 들 수 있다. 이들의 고통은 불교에서 말한 '고(苦)'에 해당한다. 즉 두 작가는 사람이 살아가면서 마주하는 가장 본질적인 문제에 주목하고 있는 것이다. 그리고 이러한 고통을 벗어나려면 우선 고통의 원인을 제거해야 한다. 소설에서 다룬 감각적 욕망에서 발생한 갈애(渴愛), 탐진치(貪嗔痴)의 근원인(탐진치에서 발생한) 업(業), 아집(我執)에서 비롯된 분별심 등은 고통을 일으킨 중요한 원인이 된다. 이들 원인을 제거하기 위해서 김동리는 불교적 수행, 소욕(少慾), 정진(精進), 평등심 등을 내세운다면 선충원은 여행을 통한 행복 찾기, 사랑, 평등심을 통해 그것을 이루고 있다. 이에 의하면, 김동리가 불교적 기대가 크다는 사실을, 선충원은 현세에서 중심을 잡고 있다는 것을 알 수 있다. 그리고 두 작가는 인간의 고통에서 벗어나려는 노력을 동시에 다루면서

---

[176] 서경수, 앞의 논문, 63쪽.

도 김동리는 그 최종적인 해결방법을 불교에 두고 있는 반면에, 선충원은 불교의 요소를 받아들이면서 불교의 초월적 세계를 배제하고 완전히 현세 사람의 입장에서 구도의 방법을 제시하고 있어 보다 더 현실적인 면을 보여주고 있다. 그리고 불교소설은 추상적이고 인생론적인 성향을 띠는 작품이 많다.[177] 그러나 김동리와 선충원의 소설은 불교적 이념을 반영하면서도 현세적 사랑이나 사람의 이기심 등 진정한 사람의 모습을 중점으로 다루고 있어 해탈에 다다르고자 하는 인간의 열망을 통해 인간 구원의 길을 제시하는 데 의의가 있다. 그리고 그들의 이러한 소설은 한·중 양국의 구도소설을 발전시키는 데에 큰 도움이 되기도 하였다.

한편, 김동리와 선충원의 구도소설은 국가나 민족의 정신을 높이는 데 도움이 된다고 여겼다. 물론 민족정신의 개조 요구는 한·중 양국 당시의 암흑한 사회 현황과 직접적인 관계가 있다. 30년대 한국은 일본의 식민지였고, 중국은 혼란스러운 시기를 겪다가 일본의 침략을 당하고 있었다. 통치 당국의 강압 정책과 전쟁을 비롯한 암담한 상황은 한·중 양국 민중의 민족정신을 파괴했다. 따라서 민족정신의 개조는 한·중 양국이 공통적으로 당면한 과제가 되었다. 김동리와 선충원은 앞에서 언급한 순수문학이라는 무기를 들고 민족정신을 높이고 있다. 그러나 30년대의 사회 상황과 문학사적 정황에 의하면, 김동리가 순수문학을 통해 민족정신의 개조를 추구하는 것이 일본의 강압 정책에 대한 일종의 저항방법이라고 할 수 있다면 선충원이 국민당이나 일본과 맞싸울 수 있는 상황에도

---

177 이동하, 「불교소설의 한 모습-김상렬의 「산객」」, 『우리 小說과 求道精神』, 문예출판사, 1994, 308-309쪽 참조.

불구하고 순수문학을 선택하는 것은 그의 문학에 대한 이해와 존중에서 비롯된다고 할 수 있다.

그리고 순수문학을 추구하는 다른 작가와 달리 김동리와 선충원 소설에는 특별히 설화와 불교적 요소가 등장한다. 이는 설화와 불교의 전통성과 긴밀한 관계가 있다고 본다. 현대에 들어와서 한·중 양국의 작가가 전통적인 것을 바탕으로 소설을 창작하는 경우가 많다. 설화와 종교소재의 수용은 바로 작가들이 즐겨 사용하는 형식 중의 하나이다. 한국의 이광수, 방기환, 황순원, 정한숙, 김동리 등의 작가들, 중국의 루쉰, 노사, 선충원 등의 작가들이 바로 설화적 요소를 사용해 현대 소설을 창작한 대표적인 작가라고 할 수 있다. 한편, 앞에서 살펴본 바와 같이 불교를 비롯한 종교적 수용 또한 현대소설에 많이 적용되고 있다. 이는 설화와 불교 등 전통적인 요소들은 그만큼 현대 작가에게 인정받고 있다는 것을 보여준다. 전통적인 것은 과거성이 있으면서도 현대성을 가지고 있다. 민족정신의 뿌리를 대표할 수 있는 전통의 활용을 통해서 현대의 민족정신을 높이는 데 힘을 바칠 수 있다. 본고에서 논하는 김동리와 선충원의 문학 창작은 바로 이러한 목적에서 출발했다고 할 수 있다. 그리고 이 두 작가는 설화와 불교 이 두 가지 요소를 소설에서 한 데 결합시키기도 하고 있다.

이태동은 김동리를 다음과 같이 평가한다. "김동리는 한국 시에서의 서정주처럼 소설 분야에서 토착적이고 민속적인 소재를 완전한 현대적 소설 미학으로 수용해서 민족문학의 전통을 확립하고 확대시킨 작가이다."[178] 김동리의 문학 작품 가운데서 신라 때부터 전승되어온 민족 신화의 정신적인 맥을 쉽게 찾아볼 수 있다.[179] 설화는 민간에서 가장 일찍 형성된 구비문학 중의 하나이기에 원형적인 이미지를 강하게 드러낸다. 이러한 설화를 수용하는 것은 "작품의 주제를 보편화시킴은 물론 민족문학의 향취와 개성을 유지하기 위함이다."[180] 본고에서 다룬 「불화」의 솔거 이야기와 「원왕생가」의 광덕엄장 이야기는 신라 정신을, 「등신불」의 만적 이야기는 희생정신을 잘 반영하는 설화이다. 이러한 설화의 수용을 통해 민족 문학을 세우는 것은 선충원에게도 적용된다고 본다. 특히 그의 상서세계(湘西世界)를 다룬 설화들은 민족의 전통을 유지하는 데, 아름다운 인간성을 선양하는 데 큰 도움이 되고 있다. 본고에서 비록 그의 상서세계를 논의하지 않았지만 불교설화의 수용을 통해서도 그의 사랑과 아름다움을 유지하고자 하는 마음을 읽어낼 수 있다. 「톺아보기」의 금상과 은상 이야기와 주적국(朱笛國), 백옥단연국(白玉丹淵國)의 이야기, 「선타」에서 수행을 포기할 정도로의 사랑 이야기, 「관대한 왕자」의 모든 것을 기꺼이 보시할 수 있는 왕자의 이야기가 그것이다. 선충원은 바로 이러한 설화에서 다룬 사랑과 아름다움을 그대로 수용해서 민족의 정신을 세우는 데 노력하였다.

한편, 김동리는 "인간주의 민족문학의 제창"이라는 부제를 단 「민족문학론」을 내세운 적이 있다. 그리고 그 문학이론 속에서 한국 문학의 당면

---

178 이태동, 「純粹文學의 眞義와 휴우머니즘－金東里의 生涯와 文學」, 『東里文學이 韓國文學에 미친 영향』, 앞의 책, 122쪽.

179 위의 논문, 122쪽.

180 위의 논문, 122쪽.

과제를 "오늘날 우리들의 생활 속에서는 기독교, 유교, 불교가 잡거하고 있고, 그 속에 샤아머니즘도 우리의 핏줄 속에 숨쉬고 있는데 이러한 여러 가지 신앙과 사상의 잡목을 어떠한 양태로든지 이 땅의 작품 속에 투영시켜 무한한 시간과 공간이 교차되는 전체로서의 형이상학적인 인생을 추구해 가야 한다는 것"[181]이라 밝혔다. 다시 말하자면 김동리는 기독교, 유교, 불교, 샤머니즘 등의 신앙과 사상을 통해 민족 문학을 구축하려 한 것이다. 그리고 김동리의 작품은 바로 불교, 기독교 등 종교의 신앙들로 이루어지고 있다.[182] 본고에서 논하는 김동리의 소설에 나온 불교적 이념에는 인간의 내부적 고통과 고통에서 벗어나려는 모습을 포함하고 있다. 이들은 현실의 민족적 상황을 그대로 반영하는 측면이 있다. 왜냐하면 인간의 내부적 고(苦)에 주목하는 것은 그 당시 강압적인 사회에서 사는 한민족이 당면한 내부적 고통을 대언할 수 있기 때문이다. 그리고 고통에서 벗어나려 솔거 유적을 찾는 것, 수행, 소신공양 등 여러 가지 노력을 통해 인간의 해탈 지향성을 보여주기도 한다. 이를 통해서 "인간의 참된 자세를 발견하려는 것이 동리 문학의 기본 철학"[183]이라는 점을 알 수 있다. 고통에서 벗어나 해탈에 다다르는 것은 불교의 궁극적인 목적이기도 하지만 현실 생활에 있어서 한민족이 일본 치하를 벗어나 행복하고 자유로운 생활을 추구하는 소망과 일치하기도 하기 때문이다. 소설에 나타난 솔거의 그림을 통해 고통에서 벗어나려는 행위, 일심으로

---

181 김영수, 앞의 책, 54쪽.

182 위의 책, 54-55쪽 참조.

183 위의 책, 66쪽.

수행하여 극락왕생을 향하는 행위, 분별심을 버리고 평등심으로 무아의 경지를 향하는 것 등은 모두 이와 관련된다고 할 수 있다.

선충원의 소설은 이와 다르다. 앞에서 언급한 바와 같이 선충원의 소설에도 인간의 고통을 다루고 있다. 그러나 그 고통은 민족적인 고통이라기보다 인간이 가지고 있는 본성에 더 가깝다. 외부의 물질적인 유혹에 빠진다거나 자신의 이익을 위해 분별심을 가지는 것 등이 그것이다. 그리고 김동리 소설에서 다룬 고생스럽고 고통스러운 노력 방식에 비해 선충원은 행복 추구, 사랑, 완벽한 사람의 등장 등 아름다운 방식을 통해 그 고통을 극복하고자 한다. 해탈은 쉽게 말하자면 영원한 행복 상태를 가리킨다. 불교에 기대는 김동리와 달리 선충원은 불교적 이야기를 통해서 '현세적 해탈'을 추구하고 있다. 비록 그의 구도소설에도 인간의 고통, 인과, 윤회 등 불교적 이념을 엿볼 수 있지만 그가 실현하고자 하는 해탈은 모두 불교의 초월 세계에 있지 않고 오직 현세에만 두고 있다. 그리고 선충원의 불교에 대한 수용은 역시 그가 주장한 사랑과 아름다움을 표현하기 위해서이다. 소설에 나타난 불교적 갈애, 업, 평등심 등은 모두 사랑과 아름다움에 초점을 맞추고 있기 때문이다. 즉 선충원은 사랑과 아름다움을 통해 인간성의 좋은 면을 제시해 주고 민중에게 커다란 정신적 지지를 주고 있다. 즉 선충원은 불교철학에서 사랑과 아름다움의 관념을 수용하여 불교의 박애(博愛)와 금욕주의(禁慾主義)의 모순이 아닌 남녀사랑과 인류 사랑을 통일한 것이고, 이는 시대성을 띤 것이었다.[184]

김동리와 선충원은 민족정신의 개조를 추구하는 데 유사하면서도 다

---

[184] 韓立群, 앞의 논문, 84쪽 참조.

른 방법을 택하고 있다. 유사성은 앞에 언급한 인간성을 옹호한 순수문
학, 그리고 설화와 불교 등의 전통을 통해서 인간성을 표현하는 데에 있
다면, 인간성의 어떤 면에 주목하느냐는 것이 두 작가의 다른 점이라 할
수 있다. 김동리가 설화에서 다룬 민족정신, 종교의 신앙을 통해 인간의
고통과 고통에서 벗어나려는 인간의 노력을 주로 표현했다면 선충원은
사랑과 아름다움에 대한 형상화를 통해 그의 인간성의 극치인 '신성(神
性)'을 추구하고 있다.

그러나 김동리는 "민족문학이라는 이름 아래 보수주의적 이념의 거
점"[185]이 되었다. 이는 앞에서 언급한 순수문학의 반역사성과 같이 김동
리 문학의 "반근대성"에 속하는 문제이다. [186] 김동리는 작품은 사회변혁
을 추구하는 메시지보다 늘 "민족적 자기정체성의 문제나 탐미주의적 주
제"[187] 등을 두드러지게 표현하는 데 집중하고 있다. 즉 사회 현실에 대
한 반영과 변혁 정신에 대해 많이 언급하지 못했다. 한편, 선충원은 사랑
과 아름다움을 통해서 현세의 민족정신을 높이는 데 목적을 두고 있다.
그러나 사랑과 아름다움을 표현할 때 그는 낭만주의의 경향을 보여준다.
즉 지나치게 완벽한 사랑과 아름다움을 강조하는 것이다. 물론 이는 사
람에게 희망을 줄 수도 있지만 현실과 거리감이 생길 수 있는 가능성 역
시 존재하는 것이다. 만약 그렇다면 이는 그의 창작 목적과 모순되는 면
이 있다고 할 수 있다.

---

185 권영민, 앞의 책, 492쪽.

186 위의 책, 492쪽.

187 양선규, 「한국근대소설의 보수주의 미학 연구 – 김동리(金東里), 황순원(黃順元) 소설에 대한 분
석심리학적 접근을 중심으로」, 『인문학지』 10, 충북대학교 인문과학연구소, 1993, 2쪽 참조.

VI

·········

결론

　본고는 김동리와 선충원의 구도소설에서 인간의 욕망과 고통, 그리고 해탈을 위한 구도 방법이 어떻게 나타나는지 비교하는 데 목적을 두었다. 이를 살펴보기 위해 본고는 수평연구의 비교방법으로 불교철학의 이론 가운데 사성제를 바탕으로 했다. 그리고 김동리와 선충원의 현세 인간의 해탈 지향성을 그려낸 구도소설을 연구대상으로 삼았다. 이에 해당하는 소설 작품은 각각 김동리의 「불화」, 「극락조」, 「등신불」, 그리고 『김동리 역사소설』에 게재된 「원왕생가」, 「호원사기」, 「미륵랑」과 선충원의 「톺아보기」, 「여인」, 「선타」, 「애욕」, 「사냥꾼의 이야기」, 「의사」, 「관대한 왕자」 등이다.

　II 장에서는 김동리와 선충원의 구도소설에서 다룬 해탈을 위한 외적 수행의 추구를 살펴보았다. 외적 수행의 추구는 가장 기본적인 구도 방법이라 할 수 있다.

우선, 외적 수행의 추구는 인간의 욕망을 충족시킬 수 있다. 인생의 본질은 고통이다. 그리고 고통은 욕망에서 그 근원을 찾을 수 있다. 따라서 인간으로 하여금 고통에서 벗어나게 하는 가장 직접적인 방식은 욕망을 끊임없이 충족시키는 것이다. 외적 수행의 추구는 바로 이러한 역할을 담당할 수 있다. 그러나 욕망은 끊임없는 것이기 때문에 이러한 구도 방식은 현실적으로 성취할 가능성이 거의 없다.

소설 작품을 보면, 김동리와 선충원의 구도소설은 각각 실연으로 인한 고통과 이상에 대한 추구로 인한 고통, 그리고 그것을 극복하기 위한 이향의 내용을 다루고 있다. 그 중 실연으로 인한 고통이 사람으로 하여금 고향을 떠나게 한 내부적 계기라면 이상에 대한 추구는 사람으로 하여금 고향을 떠나게 한 외부적 계기라 할 수 있다. 그리고 이향은 김동리 소설에 나타난 실연의 고통으로부터의 도피와 선충원 소설에 나타난 이상 추구로서의 이향이 있다. 도피는 수동적인 이향이라면 이상 추구는 능동적인 이향으로 볼 수 있다. 고향을 떠나는 것이 해탈을 위한 외적 수행의 추구라고 볼 수 있다는 점에서 김동리와 선충원의 소설은 같다. 그리고 이러한 외적 수행의 추구는 욕망을 충족시키지 못해 도피하는 수단이나 새로운 욕망을 충족시키기 위한 방법이다. 그리고 김동리는 이향을 통한 고통 극복의 시도에서 항상 현세와 불교 두 가지 측면을 동시에 주목하는 반면에, 선충원은 오직 현세에만 초점을 맞추고 있다. 그러나 이러한 이향을 통한 고통 극복의 시도는 모두 실패하고 말았다. 즉 욕망을 충족시키는 식으로 해탈에 이르려는 이향은 고통을 근본적으로 제거하지 못한다는 것이다.

그러나, 외적 수행의 추구를 통해 인간이 인생을 더 잘 인식할 수 있고 해탈을 위한 출구를 찾을 수 있다는 것이다. 김동리와 선충원 구도소설의 주인공들은 구도 여정을 통해 이상을 찾고 있다. 이상을 찾는 것을 구도의 과정으로 볼 수 있다면 여정은 구도를 실현하기 위한 방법이다. 여정은 외적 수행의 추구이다. 소설들의 주인공들은 이러한 외적 수행의 추구 과정에서 인생을 더 잘 인식하게 되고 자신의 해탈을 위한 출구를 찾게 되기도 한다. 「불화」의 재호가 한국의 절들 사이에서 솔거의 유적을 찾는 것을 통해서 인간의 본질인 고통을 인식하게 되고, 그것을 해결하기 위해 모든 생명을 아끼고 동정하는 것부터 해야 한다는 것을 깨달았다면, 「미륵랑」의 박구지는 고통의 극복되지 못함을 인식하고 현세에서 불교와 화랑도의 조화와 교류를 이루기 위해 적극적으로 노력한다. 한편, 선충원의 소설 「톺아보기」의 청년이 이상향을 통한 욕망 충족의 불가능성을 인식하게 되고 인간의 죽음과 행복 등을 비롯한 인간의 보편적인 문제를 생각하기 시작했다면, 「여인」의 왕과 청년은 욕망을 마음대로 누릴 수 있는 것이 아니라는 것을 인식하고 "여인이 존경받는 진정한 이유"란 답을 찾고 있다. 그리고 김동리 소설에서는 개인의 문제로부터 출발해 개인의 이상과 실천 방법을 찾고 있지만, 선충원 소설에서는 똑같이 개인의 문제로부터 시작되지만 개인적 이상의 좌절로 인해 인류의 보편적인 문제를 해결하기 위해 답을 찾게 된다는 결말을 맺고 있다. 비록 그들의 구도에 대한 인식이 서로 다르지만 외적 수행의 추구를 통해 구도를 시도해 나가는 것이 김동리와 선충원 구도소설의 공통점이라 할 수 있다. 그리고 김동리의 소설에는 현세에 초점을 맞추고 있으면서도 그 궁극적인 것은 불교에 기대는 것으로 나타나고 있는 반면에 선충원의 소설은 인간의 힘으로 해결할 수 있는 것에만 초점을 두고 있다.

해탈을 위한 출구를 찾게 된 후에 주인공들은 흔히 해탈을 실천하게 된다. 그리고 주인공들은 이향과 여정을 겪고 난 후 회귀를 선택한 경우가 많다. 「불화」의 재호가 '고향 → 절 → 마을'로, 박구지가 '신라 서울 → 웅천(熊川-公州) 수원사(水原寺) → 천산(千山) → 수원사 → 서울'로, 청년이 '고향 → 주적국 → 여러 나라 → 고향'으로의 구도 과정에서 바로 이러한 회귀를 엿볼 수가 있다. 그 중 절과 주적국을 비롯한 이상향은 그들의 이상이 담긴 곳이라면, 마을이나 서울, 고향은 각각 그들이 이상을 실천하는 현실적 공간이다. 이런 측면에서 보면 현실에 초점을 맞추고 있다는 것은 두 작가의 구도소설의 공통점이라 할 수 있다. 그러나 선충원 소설에서 다룬 세속적 이상의 실천보다, 김동리의 소설은 이에 더 나아가 불교를 바탕으로 하기도 한다. 비록 귀환이더라도 거사계, 미륵 사상 등 불교와 관련된 요소를 구도 과정의 기반으로 하고 있기 때문이다.

III 장에서는 김동리와 선충원의 구도소설에서 다룬 해탈을 위한 사랑에 대한 추구를 살펴보았다.

우선 제1 절에서 감각적 욕망의 충족을 위한 사랑의 추구를 살펴보았다. 여자의 등장을 계기로 하여 두 소설의 남주인공 엄장과 후보선인은 각각 눈, 귀, 몸 등 감각기관의 대상에서 감각적 쾌락을 얻고자 하는 갈망이 생긴다. 다시 말하자면 그들은 사랑으로 인한 감각적 욕망을 드러낸다. 이러한 감각적 욕망을 충족시키기 위해 엄장과 후보선인은 악행까지 저지르고 파계를 하기도 했다. 비록 그들의 악행과 파계는 각각 다르게 나오고 있지만 감각적 욕망의 충족을 통해 사랑과 해탈을 추구하는 것은 일치한다. 그러나 「원왕생가」에서 엄장은 연하의 거절과 광덕의 방해 등 엄장의 욕망을 절제할 수밖에 없는 외부 환경의 한계로 인해 욕망을 늘 충족시키지 못하는 상태가 되었다. 그리고 이러한 욕망의 불만족으로 인해 엄장은 고통에 빠지게 된다. 이와 반대로, 후보선인은 사랑을 얻었을 뿐만 아니라 한창 즐기기도 하고 있다. 즉 김동리의 소설은 욕망의 불만족을 통해 사랑의 성취 실패를 보여주고 있는 반면, 선충원의 소설은 욕망의 충족을 통해 사랑의 성취를 보여주고 있다. 그러나 이러한 사랑의 성취도 일시적인 것일 뿐이다. 왜냐하면 후보선인도 병과 죽음 등 인간의 고통을 피할 수 없기 때문이다. 이는 욕망의 충족을 통해서는 해탈에 이르기가 어렵다는 것을 보여준다.

한편, 사랑에는 상대방을 위하여 생각해 주거나 희생할 수 있는 '무아'의 정신이 있을 수 있다. 이러한 '무아'의 정신은 구도가 추구하는 해탈의 경지와 일치하는 면이 있다. 「원왕생가」에서 연하를 보호하고 연하의 극락왕생을 도와주려는 광덕의 마음은 그의 '무아'의 사랑을 보여준다. 광덕은 바로 이러한 '무아'의 사랑을 겪고 극락왕생을 했다. 즉 '무아'의 사랑을 통해 해탈에 이를 수 있는 가능성을 이 소설은 보여주고 있다. 그러나 아무리 무아의 정신이더라도 사랑에 의한 해탈은 사람끼리의 작은 범위에서만 성취할 수 있다. 이는 불교에서 추구하는 궁극적인 해탈과는 다른 의미이다. 따라서 소설에서도 사랑보다 불교의 정진에 더 의지하고 있다. 다시 말하자면 사랑은 궁극적 해탈을 지향하는 데의 한 과정으로 볼 수 있지만 궁극적 해탈을 달성할 수 없다는 것이다. 「원왕생가」와 달리 「선타」는 결국 사랑으로 수행을 대체하고 있다. 그 이유는 사랑에도 구도의 '고(苦)'의 멸(滅)'의 목표를 찾을 수 있고 사랑에도 무아의 정신이 있기 때문이다. 특히 후자는 사랑하는 사람을 위한 희생에서 엿볼 수 있다. 이는 김동리의 소설 「호원사기」, 선충원의 소설 「애욕」에서도 찾을 수 있다. 그러나 이러한 '무아'의 사랑을 통해 이루어진 해탈 또한 여러 가지 한계 때문에 사랑하는 사람끼리의 좁은 범위에서만 성취할 수 있다. 이에 의하면 「원왕생가」에서 다룬 사랑을 통한 수행, 즉 현세적 사랑을 겪고 수행을 통해 초월세계의 해탈을 추구하는 내용이나, 「선타」에서 현세적 사랑이 바로 사랑에 대한 추구를 통해 해탈에 이르는 가능성을 보여준다. 그 중 특히 사랑에 있어서의 무아 정신에 의해 해탈 성취가 가능하다는 것을 보여준다. 그러나 사랑을 통한 해탈 성취는 많은 한계도 있다. 따라서 사랑에 대한 추구는 해탈을 성취하는 궁극적인 방법이 될 수 없다.

Ⅳ 장에서는 김동리와 선충원의 구도소설에서 다룬 해탈을 위한 평등심에 대한 추구를 살펴보았다. 이 평등심은 주로 희생을 통해서 드러나고 있다. 해탈하는 과정에 있어서 희생을 통한 평등심에 대한 추구는 앞에서 언급한 두 가지 추구보다 층위가 더 높아 해탈에 이르는 데의 가장 좋은 방법이기도 하다. 김동리와 선충원의 구도소설은 바로 이러한 희생을 통한 평등심으로의 지향을 다루고 있다. 「등신불」의 소신공양을 통해 성불한 만적, 「호원사기」의 애인, 오빠들 등을 위해 자신을 희생한 박호임, 「관대한 왕자」의 모든 것을 즐겨 보시하는 왕자는 그 대표적인 인물이라 할 수 있다. 그리고 이들이 적극적으로 희생을 통한 평등심을 추구하고 있다면, 분별심이 강하나 희생을 통한 평등심으로 지향하는 인물도 있다. 또한 김동리의 소설에서는 만적이 소신공양에 이르는 여러 단계를 통해 발전하는 구도 과정을 보여주었다면, 선충원의 소설에는 왕자가 비록 여러 가지 장애를 거쳤지만 변화 없는 평면적인 구도과정을 보여주었다. 그리고 김동리는 불교와 현세를 동시에 주목하는 반면에 선충원은

오직 현세에만 초점을 맞추고 있다는 차이를 보여준다.

한편, 희생을 통한 평등심에 대한 추구는 해탈에 도달할 수 있는 좋은 방법이기는 하지만 인간의 욕망으로 인해 성취하기 어려운 방법이기도 하다. 왜냐하면 현실 생활에서 평등심의 도달은 이성으로 이해할 수 있지만 실제로 행하기가 어려운 경우가 많기 때문이다. 「등신불」에서 소신공양을 결심한 만적이 그 과정에서 "오뇌와 비원"의 모습을 드러내고, 원혜 대사가 낸 '단지'의 화두는 「염화시중(拈花示衆)」과 같은 돈오(頓悟)가 필요한 것으로 주인공들의 오성(悟性)이 결여한 평등심을 보여준다. 하지만 「관대한 왕자」에서 왕자는 모든 것을 보시하기로 결심했지만 진정한 평등을 하지 못하고, 보석상인은 왕자 같은 희생을 통한 평등심을 추구하는 인물을 동경하지만 실제로 실행하기가 어렵다는 것을 통해 주인공들의 지나친 이성(理性)적인 평등심을 보여주었다. 이는 또한 평등심의 한계라 할 수 있다.

Ⅴ장에서는 김동리와 선충원의 구도소설에서의 문학사적 의의를 살펴보았다. 본고는 두 작가 소설의 문학적 의의, 미학적 의의, 사회적 의의 세 가지 측면에서 이를 고찰하였다. 우선, 소설의 문학 측면에서의 의의를 보면 김동리와 선충원의 소설 작품은 불교설화에 대한 수용을 통해 한·중 문학사에서 인간성을 중심으로 한 순수문학을 확립하고 개작 소설을 발전시키는 데 큰 기여를 하였다. 이는 당시의 시대상황, 문단상황, 그리고 두 작가의 문학관과 긴밀한 관계가 있다. 이러한 김동리와 선충원의 문학은 한·중 문학사에 커다란 영향을 미쳤다고 할 수 있다. 그러나 공통점이 있음에도 불구하고 두 작가의 인간성을 중심으로 한 순수문학의 확립과 개작 소설에 대한 기여는 한·중 문학사에서 각각 다르기도

하다. 그 중 순수문학에 있어서 김동리는 당시 한국 문학의 주된 목소리를 낸 반면에 선충원은 문학의 독립된 성격을 지키고 독특한 세계를 펼쳐 30년대 중국의 문학에 빛을 더했다. 개작 소설에 있어서 김동리는 한국 개작 소설의 발전에 한 몫을 하였다고 할 수 있다면 선충원은 중국 현대 개작 소설의 새로운 장을 열었다고 할 수 있다. 그러나 그럼에도 불구하고 이러한 김동리와 선충원의 순수문학은 비판받기도 한다. 비판은 주로 그들의 "반역사"와 "반동"에 집중되고 있다. 그들의 작품을 통해서 한·중 양국의 시대적 상황과 특징을 파악하기가 어렵다는 것과 개작이라고 하더라도 원작의 틀에 크게 벗어나지 못한 것은 김동리와 선충원의 소설의 단점이라고도 볼 수 있다. 왜냐하면 이러한 개작을 통해서도 현시대가 원하는 현대적 정신을 읽어내기가 어렵기 때문이다. 특히 형식면에 있어서 선충원 소설에 불경의 이야기를 그대로 현대 중국어로 번역한 경우가 있어 현대의 심미(審美)에 더 부합할 수는 있지만 문학적인 측면에서 보면 큰 의미가 없다고 본다.

그 다음으로, 김동리와 선충원의 구도소설의 미학적 의의를 살펴보았다. 이는 우선 사람의 '감정이입(感情移入)'을 불러일으킬 수 있다. 두 작가의 구도소설에는 인간이 누구나 겪을 수 있는 인간의 고통, 고통을 일으킨 원인인 욕망, 그리고 다양한 구도 방법이 다루어져 있어 사람의 공감을 쉽게 불러일으킬 수 있다. 한편, 김동리와 선충원의 구도소설은 이러한 보편적인 것을 다루고 있으면서도 각각 특징을 지니기도 한다. 그 중 김동리는 항상 "오뇌, 비원"을 비롯한 인간의 고통스러운 모습을 통해 구도소설에서의 비장미(悲壯美)를 보여주었다면, 선충원은 사랑과 아름다움을 통해 현실의 이상적 아름다움을 보여주었다. 뿐만 아니라 김동리와 선충원의 구도소설은 각각 신비주의와 사실주의의 특징을 띠고 있다. 그 중 김동리의 구도소설은 불교의 초험(超驗)적인 것에 대한 기대와 인간의 현실적 경험에 의해 인생의 고통에서 벗어나려는 모습을 다루고 있다. 선충원의 구도소설은 현세 사람의 입장에서 바라보는 아름다운 미래에 대한 동경과 인간의 현실적 경험에 의해 해탈에 이르려는 경향을 다루고 있다.

마지막으로, 사회 측면에서의 의의를 보면 김동리와 선충원의 구도소설은 사람에게 인생의 삶에 대한 계시를 주는 동시에 국가와 민족의 정신을 높이는 데 이바지했다. 불교의 이념들은 인생의 삶이 어떤 것인지, 어떻게 살아갈 것인지에 대한 가르침이다. 이를 통해 두 작가의 인생에 대한 탐구를 엿볼 수 있다. 그리고 김동리는 고통의 최종적인 해결방법을 불교에 두고 있는 반면에, 선충원은 오직 현세에 초점을 맞추고 있는 차이점을 보여준다. 한편, 김동리와 선충원의 구도는 종교적인 차원에서 개인의 성취 과정일 수도 있지만 민족적인 차원에서 민중을 깨우치는 역할을 담당하기도 했다. 민족정신의 개조를 추구하는 데 두 작가는 유사하면서도 다른 방법을 택하고 있다. 유사성은 앞에 언급한 인간성을 옹호한 순수문학, 그리고 설화와 불교 등 전통을 통해서 인간성을 표현하는 데에 있다면, 인간성의 어떤 면을 주목하고 있는가는 두 작가의 다른 점이라 할 수 있다. 김동리가 민족정신, 종교의 신앙을 통해 인간의 고통과 고통에서 벗어나려는 인간의 노력을 주로 표현했다면 선충원은 사랑과 아름다움의 '신성(神性)'을 추구하고 있다. 그러나 그럼에도 불구하고 김동리는 그의 보수주의 이념 때문에 민족문학을 창작할 때 사회 현실에 대한 반영과 변혁 정신에 대해 많이 언급하지 못했다. 선충원은 지나치게 완벽한 사랑과 아름다움을 강조하고 있어 현실과 거리가 생겼다.

본고는 불교철학 이론 중의 사성제를 중심으로 김동리와 선충원 소설에 나타난 해탈을 위한 세 가지 구도 양상, 즉 외적 수행의 추구, 사랑의 추구, 평등심의 추구를 살펴보고, 두 작가의 구도소설의 문학사적 의의를 밝히려 했다는 점에 의의를 둘 수 있다. 김동리와 선충원은 한·중 양국의 대표적인 작가로서 그들의 소설에서는 불교뿐만 아니라 기독교, 무속 등 다른 사상도 많이 목도할 수 있다. 미학 측면에서 이들 사상과 문학적 예술성의 결합을 고찰하는 것은 김동리와 선충원의 작품을 전반적으로 이해하는 데 많은 도움이 될 것이다. 이 문제는 앞으로의 연구과제로 남겨둔다.

1. 기본자료

김동리, 『김동리 문학전집』1-33, 계간문예, 2013.

_____, 『김동리 문학전집7 극락조 · 비오는 동산』, 계간문예, 2013.

_____, 『김동리 문학전집13 등신불』, 계간문예, 2013.

_____, 『김동리 문학전집32 문학과 인간』, 계간문예, 2013.

_____, 『金東里歷史小說』, 智炤林, 1977.

沈從文, 『沈從文小說全集 卷八: 月下小景 · 如蕤』, 長江文藝出版社, 2014.

_____, 『沈從文全集』1-10, 北岳文藝出版社, 2002.

2. 단행본

한국 단행본

고송석, 『한국 근 · 현대 불교소설 연구』, 소명출판, 2014.

권영민, 『한국현대문학사1』, 민음사, 2002.

김동리, 『꽃과 소녀와 달과』, 제삼기획도서출판, 1994.

김명숙, 『비교문학 이론과 실제』, 민족출판사, 2014.

김부식, 『新譯三國史記②』, 최호 역, 홍신문화사, 1994.

김윤식, 『김동리와 그의 시대』, 민음사, 1995.

도세법사(道世法師) 편, 『法苑珠林』1, 4, 譯經委員會 역, 東國譯經院, 1992.

방민화, 『현대소설과 종교적 상상력』, 학고방, 2010.

방립천, 『불교철학개론』, 유영희 역, 민족사, 1989.

불사리탑, 『법화경 妙法蓮華經』, 佛사리탑, 2001.

서경보, 『불교철학개론』, 명문당, 1978.

소광희 외, 『인간에 대한 철학적 성찰』, 문예출판사, 2005.

송현호, 『문학이 있는 풍경』, 새미, 2004.

_____, 『한국현대소설론』, 민지사, 2000.

아르투어 쇼펜하우어, 『의지와 표상으로서의 세계』, 홍성광 역, 을유문화사,
　　2013.

오세영, 『문학연구방법론』, 이우출판사, 1988.

유주현 편, 『東里文學이 韓國文學에 미친 영향』, 中央大學校 藝術大學 文藝創
　　作學科, 1979.

이동하, 『우리 小說과 求道精神』, 문예출판사, 1994.

_____, 『현대소설의 정신사적 연구』, 일지사, 1989.

이영수, 『한국 설화 연구』, 한국학술정보, 2008.

정갑동, 『T.S.엘리엇의 시와 불교철학』, 동인, 2006.

조수동, 『불교철학의 본질』, 이문출판사, 1996.

한국불교대사전 편찬위원회 편, 『(韓國)佛敎大辭典』1,2,5,6, 寶蓮閣, 1982.

홍기돈, 『김동리 연구』, 소명출판, 2010.

중국 단행본

程光煒 외, 『中國現代文學史 下編(1937~1949年)』, 秀威出版, 2010.

方立天, 『佛敎哲學』, 中國人民大學出版社, 2012.

沈從文, 『從文自傳』, 人民文學出版社, 1981.

朱棟霖 외, 『中國現代文學史1917-2000上』, 北京大學出版社, 2007.

3. 논문 자료

한국어논문자료

구창환, 「김동리의 문학세계」, 『東里文學이 韓國文學에 미친 영향』, 中央大學校 藝術大學 文藝創作學科, 1979.

김동석, 「김동리 소설의 설화모티프 연구」, 명지대학교 박사논문, 1997.

김영수, 「東里文學의 思想的 軌跡-작품과 작가연구」, 『東里文學이 韓國文學에 미친 영향』, 中央大學校 藝術大學 文藝創作學科, 1979.

김재성, 「초기불교의 번뇌」, 『인도철학』 제29집, 2010.

김종욱, 「인간 -그 염정의 이중주」, 『인간에 대한 철학적 성찰』, 문예출판사, 2005.

김진태, 「선에서의 분별심 초월 과정이 상담에 주는 시사점」, 한양대학교 석사논문, 1997.

방민화, 「김현감호설화(金現感虎 說話)」의 소설적 변용 연구 -김동리의 「호원사기(虎願寺記)」를 중심으로」, 『문학과 종교』 14, 한국문학과 종교학회, 2009.

서경수, 「燒身의 美學-金東里 「等身佛」의 佛敎的 解釋」, 『東里文學이 韓國文學에 미친 영향』, 中央大學校 藝術大學 文藝創作學科, 1979.

송인범, 「무아설에 대한 고찰」, 『한국선학』 30, 2011.

송현호, 「沈從文小說」, 『한국현대소설론』, 민지사, 2000.

_____, 「자신의 내면에 존재하는 부처」, 『문학이 있는 풍경』, 새미, 2004.

양선규, 「한국근대소설의 보수주의 미학 연구 - 김동리 (金東里), 황순원 (黃順元) 소설에 대한 분석심리학적 접근을 중심으로」, 『인문학지』 10, 1993.

유창진, 「원시신앙-무(巫) 문화의 문학적 전개: 선충원(沈從文)과 김동리(金東里)를 중심으로」, 『중국인문과학』 51, 2012.

이동하, 「불교소설의 한 모습-김상렬의 「산객」」, 『우리 小說과 求道精神』, 문예출판사, 1994.

_____, 「한국 소설사의 재조명·1 −20세기의 한국소설과 불교」, 『한국문학과 비판적 지성』, 새문사, 1996.

_____, 「한국문학의 전통지향적 보수주의 연구」, 『현대소설의 정신사적 연구』, 일지사, 1989.

이태동, 「純粹文學의 眞義와 휴우머니즘−金東里의 生涯와 文學」, 『東里文學이 韓國文學에 미친 영향』, 中央大學校 藝術大學 文藝創作學科, 1979.

임영봉, 「김동리 소설의 구도적 성격−불교와의 관련성을 중심으로」, 『우리문학연구』 24, 2008.

장진영, 「불교의 마음 이해: 緣起적 관점과 性起적 관점을 중심으로」, 『철학연구』 123, 2012.

정영길, 「金東里 小說에 나타난 죽음의식의 연구 : 「等身佛」의 佛敎的 死生觀을 중심으로」, 『현대문학이론연구』 7, 1997.

정호웅, 「한국 현대소설과 불교 설화−주제별 수용 양상을 중심으로」, 『우리말글』 45, 2009.

조남현, 「저승새와 보살행화설화」, 『한국현대문학의 자계』, 평민사, 1985.

최병우, 「〈범바위〉의 개작 양상과 그 의미」, 『한중인문학연구』 17, 2006.

최택균, 「김동리 소설 연구: 초월성과 현실성을 중심으로」, 성균관대학교 박사논문, 1998.

허련화, 「김동리 불교소설 연구」, 『한국현대문학연구』 25, 2008.

홍기돈, 「김동리 연구」, 중앙대학교 박사논문, 2003.

_____, 「김동리의 구경적(究竟的) 삶과 불교사상의 무(無) :김동리 소설 읽기 · 2 」, 『인간연구』 25, 2013.

황순일, 「구원학적 측면에서 본 초기인도불교의 해탈」, 『남아시아연구』 16, 2010.

중국어논문자료

包薇,「論沈從文《月下小景》說故事的方式」,『內蒙古大學學報(哲學社會科學版)』第6期, 2010.

方珊,「佛敎與中國小說」,『世界宗敎文化』第3期, 2004.

龔敏律,「論沈從文《月下小景》集對佛經故事的重寫」,『中國現代文學研究叢刊』第2期, 2004.

郭國昌,「論沈從文的宗敎精神」,『西北師大學報(社會科學版)』第37卷第3期, 2000.

郭沫若,「斥反動文藝」,『大衆文藝叢刊』第1輯, 香港生活書店出版, 1948.

韓立群,「生命哲學的寓言-沈從文小說集《月下小景》」,『聊城師範學院學報(哲學社會科學版)』第3期, 1993.

李仕中,「沈從文與佛敎」,『雲夢學刊』第4期, 1995.

梁小蘭,「沈從文筆下的觀音意象-試論佛敎文化對沈從文創作的影響」,『安徽文學』第3期, 2009.

劉洪濤,「沈從文小說的故事形態及其現代文學史意義」,『鄭州大學學報(哲學社會科學版)』第4期, 2006.

龍永幹,「人生體驗的會通與文學創作的資鑒-論沈從文與佛敎文化的關係」,『貴州文史叢刊』第3期, 2011.

沈從文,「學習歷史的地方」,『從文自傳』, 人民文學出版社, 1981.

蘇永前, 汪紅娟,「論沈從文"湘西世界"中的禪學意趣」,『甘肅社會科學』第3期, 2005.

孫亦平,「論佛敎戒律的特點及其在佛敎發展中的作用」,『佛學研究』00期, 1998.

文學武,「論沈從文的文學批評觀」,『江淮論壇』第2期, 2000.

楊劍龍,「神話傳說故事與少數民族文化-讀沈從文作品」,『民族文學研究』第1期, 2012.

袁啟君,「論沈從文的宗敎情懷」,『遼寧行政學院學報』第9卷第11期, 2007.

周暑明,「論沈從文與佛教文化」,『湖南第一師範學報』第7卷第1期, 2007.

朱樂懿,「沈從文《月下小景》對自然人性的反思」,『湖南第一師範學報』第3期, 2007.